絕對合格 日檢

N N5 上

考試分數大躍進
累積實力
百萬考生見證
應考秘訣

5

根據日本國際交流基金考試相關概要

上 讀本

單字 文法 聽力 閱讀
一本 就 過！

吉松由美・田中陽子・西村惠子・大山和佳子
超強陣容聯合著作！

U0073491

山田社
Shan Tian She

はじめに／前言

濃濃的日本市町風情、"家窄心寬"的日本居住觀、洋溢年輕個
性與時髦的表參道、羞澀得跺腳穿和服的日本妹妹、北海道鬱金
香的彩繪花田、吃到新鮮與四季的日本料理…

考日檢、學日語，一定要正經八百，不能時尚、活潑、有趣一點嗎？

《絕對合格！日檢 N5 讀本－單字、文法、聽力、閱讀　一本
就過》超越一般傳統、古板的日檢內容，精心整理 N5 必考的
單字、文法、聽力、閱讀等出題重點，用像雜誌一般活潑的
版型，配合時尚、有趣的話題，讓你考日檢就像讀雜誌般地
輕鬆，一學就會，一次通過。

當然，特別邀請日本人畫的插圖、精心挑選的照片，日本味
十足，讓你在學習之餘，也彷彿置身日本一般：有濃濃的日
本市町風情、"家窄心寬"的日本居住觀、洋溢年輕個性與
時髦的表參道、羞澀得跺腳穿和服的日本妹妹、北海道鬱金
香的彩繪花田、吃到新鮮與四季的日本料理…等。就是要給
你新鮮、給你感動、給你一次通過。

《絕對合格！日檢 N5 讀本－單字、文法、聽力、閱讀　一本
就過》分上下兩冊，給你最全面、充實的內容！推薦給所有
考日檢 N5 的自學考生，也是所有學校、補習班選擇，最佳的
從零開始學習的入門教材！

日語學習五大祕訣
Language & Culture

單字、文法、聽力、閱讀一本就過！聽、說、讀、寫給您最完整的日語學習！

進一步瞭解日本文化，讓您對日文越來越有興趣！

秘訣一

常考單字一網打盡：利用超強圖像記憶法原理，幫助您立馬 download 日文單字於腦海中！

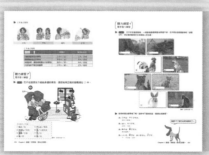

秘訣二

聽力測驗輕鬆拿高分：一而再再而三，訓練您考試常出現，而且是生活上實用對話，讓您 N5 聽力一聽就懂！保證聽力瞬間提升。

秘訣三

日文短篇文章＋造句練習：時尚話題配合日檢 N5 文法，培養您文章閱讀能力，並了解日語句型結構！讓您輕鬆取得高分、考試得心應手！

秘訣四

彙整最常考的重點題型：原來日檢都這樣考啦！本書將幫助您掌握 N5 重點題型，深入淺出習得答題秘訣，讀了這本，簡直就像拿了張日檢合格證書的門票！

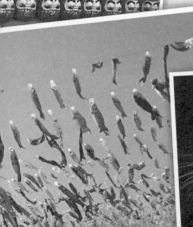

目次／目錄

 請跟著課程安排，每一課都有精心安排的學習目標、重點、流程和練習，讓你得到最完整的學習。請跟著我們的腳步，從自我介紹到交友聊天、從逛街購物到國內外旅行、從生活興趣到追求夢想，充實的主題內容讓你的日文能力越來越有深度！

004

清音表

	あ（ア）段	い（イ）段	う（ウ）段	え（エ）段	お（オ）段
あ（ア）行	あ（ア）a	い（イ）i	う（ウ）u	え（エ）e	お（オ）o
か（カ）行	か（カ）ka	き（キ）ki	く（ク）ku	け（ケ）ke	こ（コ）ko
さ（サ）行	さ（サ）sa	し（シ）shi	す（ス）su	せ（セ）se	そ（ソ）so
た（タ）行	た（タ）ta	ち（チ）chi	つ（ツ）tsu	て（テ）te	と（ト）to
な（ナ）行	な（ナ）na	に（ニ）ni	ぬ（ヌ）nu	ね（ネ）ne	の（ノ）no
は（ハ）行	は（ハ）ha	ひ（ヒ）hi	ふ（フ）fu	へ（ヘ）he	ほ（ホ）ho
ま（マ）行	ま（マ）ma	み（ミ）mi	む（ム）mu	め（メ）me	も（モ）mo
や（ヤ）行	や（ヤ）ya		ゆ（ユ）yu		よ（ヨ）yo
ら（ラ）行	ら（ラ）ra	り（リ）ri	る（ル）ru	れ（レ）re	ろ（ロ）ro
わ（ワ）行	わ（ワ）wa				を（ヲ）o
					ん（ン）n

濁音／半濁音表

	あ（ア）段	い（イ）段	う（ウ）段	え（エ）段	お（オ）段
か（カ）行	が（ガ）ga	ぎ（ギ）gi	ぐ（グ）gu	げ（ゲ）ge	ご（ゴ）go
さ（サ）行	ざ（ザ）za	じ（ジ）ji	ず（ズ）zu	ぜ（ゼ）ze	ぞ（ゾ）zo
た（タ）行	だ（ダ）da	ぢ（ヂ）ji	づ（ヅ）du	で（デ）de	ど（ド）do
は（ハ）行	ば（バ）ba	び（ビ）bi	ぶ（ブ）bu	べ（ベ）be	ぼ（ボ）bo
は（ハ）行	ぱ（パ）pa	ぴ（ピ）pi	ぷ（プ）pu	ぺ（ペ）pe	ぽ（ポ）po

拗音表

きゃ（キャ）kya	きゅ（キュ）kyu	きょ（キョ）kyo
ぎゃ（ギャ）gya	ぎゅ（ギュ）gyu	ぎょ（ギョ）gyo
しゃ（シャ）sya	しゅ（シュ）syu	しょ（ショ）syo
じゃ（ジャ）ja	じゅ（ジュ）ju	じょ（ジョ）jo
ちゃ（チャ）cha	ちゅ（チュ）chu	ちょ（チョ）cho
ぢゃ（ヂャ）ja	ぢゅ（ヂュ）ju	ぢょ（ヂョ）jo
にゃ（ニャ）nya	にゅ（ニュ）nyu	にょ（ニョ）nyo
ひゃ（ヒャ）hya	ひゅ（ヒュ）hyu	ひょ（ヒョ）hyo
びゃ（ビャ）bya	びゅ（ビュ）byu	びょ（ビョ）byo
ぴゃ（ピャ）pya	ぴゅ（ピュ）pyu	ぴょ（ピョ）pyo
みゃ（ミャ）mya	みゅ（ミュ）myu	みょ（ミョ）myo
りゃ（リャ）rya	りゅ（リュ）ryu	りょ（リョ）ryo

1 少不了的「初次見面，你好！」

はじめまして。中山理香です。

看圖記單字
絵を見て覚えよう

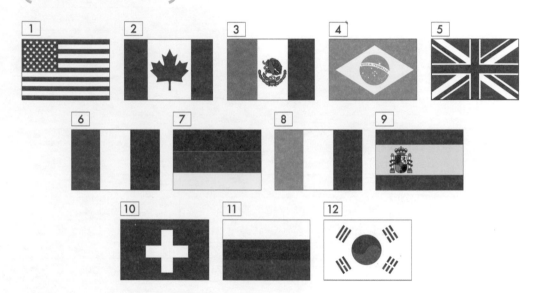

▼

T 1.1 聽聽看！依照編號將日文與國旗配對

練習しよう

1 アメリカ／美國	5 イギリス／英國	9 スペイン／西班牙
2 カナダ／加拿大	6 フランス／法國	10 スイス／瑞士
3 メキシコ／墨西哥	7 ドイツ／德國	11 ロシア／俄國
4 ブラジル／巴西	8 イタリア／義大利	12 韓国／韓國

➡ 把單字蓋起來，練習一下！
　把還記得下列是哪些國家的國旗嗎？

▶▶▶ 答案詳見P144

はじめまして。
初次見面，您好！

文法重點提要

☐ 初対面の挨拶
☐ ［名前］さん
☐ ［人］は［名詞］です（主題）
☐ ［文章］か／はい、そうです

☐ ［国名］人
☐ ［名詞］の［名詞］
☐ ［場所］から

〔靈活應用〕
応用編

呼～剛開始學日語，您一定迫不及待想要用日語自我介紹吧！現在，就讓我們來沙盤推演一下，該如何用日語向剛認識的日本人聊天吧！

▶ **T 1.2** 初次見面要怎麼自我介紹呢？跟同伴練習下面的對話吧！

A：はじめまして。中山理香です。
　　林さんですか。

　　幸會，我是中山理香，請問您是林先生嗎？

B：はじめまして。私は　林志明です。どうぞ　よろしく。

　　幸會，我是林志明，請多指教。

A：ああ、林さんは　外国人ですか。

　　哦，原來林先生是外國人呀？

B：はい、台湾人です。台湾の　高雄から　来ました。

　　是的，我是台灣人。我來自台灣的高雄。

A：桜大学の　学生ですか。

　　您是櫻大學的學生嗎？

B：はい。中山さんは。

　　是的。中山小姐呢？

A：私は　富士大学の　学生です。

　　我是富士大學的學生。

我叫志明，請多指教。

我叫理香，請多指教。

7

文法重點說明

1 はじめまして。（**幸會**。）

這是初次見面常說的應酬話，常跟「どうぞ、よろしく（お願いします）」（請多指教）
一起使用。加上「お願いします」（請…）是比較有禮貌的說法。

2 林さんですか。（**請問您是林先生嗎？**）

「さん」接在人名或表示人名的下面，表示尊敬。不管是男女，是否結婚了，人名後
面都要接「さん」，但可不能用在自己身上喔！

3 私は　林志明です。（**我是林志明。**）

「［人］は［名詞］です」。這裡的助詞「は」表示前面接的詞是這句話的主題。主題
是後面要敘述或判斷的對象。「は」一般很難直譯出來。「です」表示對主題的斷定
或是說明，相當於中文的「是」。「です」也表示說話人的禮貌。

私は　山田です。（我是山田。）

4 林さんは　外国人ですか。（**林先生是外國人嗎？**）

「［文章］か」。疑問詞「か」接於句末，表示問別人自己想知道的事。可譯作「嗎」、「呢」。
回答是肯定的話用「はい。そうです。」。「はい」（是的）跟「そうです。」（是的）都
用在肯定或承認對方的意見、所說的話。

A：あなたは　学生ですか。（你是學生嗎？）
B：はい。そうです。（是的。）

5 台湾人です。（**是台灣人。**）

「［國名］＋人」。在國家名或地區名後面接上「人」，就可以成為「該國人」或「該地人」
的名詞了。例如「日本人」（日本人）、「中国人」（中國人）、「アフリカ人」（非洲人）等。

6 台湾の　高雄から　来ました。（**我來自台灣的高雄。**）

「［名詞］の［名詞］」。「の」前後接兩個名詞，表示所有或所屬。也就是該名詞的所
有者（私の本）、内容說明（歴史の本）、作成者（日本の車）、數量（100 円の本）、
材料（紙のコップ）還有時間、位置等等。可譯作「…的…」。

私の　本です。（我的書。）
彼は　日本語の　先生です。（他是日文老師。）

「［場所］から」。「から」前接場所名詞，表示來自某場所。在這裡是來自某國家。
可譯作「從…，來自…」。動詞「来ました」（來）是「来ます」的過去式，表示「來」
這個動作已經發生了。

中国から　来ました。（來自中國。）

日本常用姓名
日本人の名字と名前

▶ **T 1.3** 邊聽邊練習！替自己取個日文名字，
跨出日語學習的第一步！

名字 みょうじ／姓

01 <ruby>田中<rt>たなか</rt></ruby>

02 <ruby>山田<rt>やまだ</rt></ruby>　**08** <ruby>高橋<rt>たかはし</rt></ruby>

03 <ruby>石川<rt>いしかわ</rt></ruby>　**09** <ruby>佐藤<rt>さとう</rt></ruby>

04 <ruby>鈴木<rt>すずき</rt></ruby>　**10** <ruby>渡辺<rt>わたなべ</rt></ruby>

05 <ruby>青木<rt>あおき</rt></ruby>

06 <ruby>小林<rt>こばやし</rt></ruby>

07 <ruby>橋本<rt>はしもと</rt></ruby>

名前 なまえ／名

1 <ruby>蓮<rt>れん</rt></ruby>	2 <ruby>颯太<rt>そうた</rt></ruby>
3 <ruby>大和<rt>やまと</rt></ruby>	4 <ruby>翔太<rt>しょうた</rt></ruby>
5 <ruby>湊<rt>みなと</rt></ruby>	6 <ruby>結衣<rt>ゆい</rt></ruby>
7 <ruby>陽菜<rt>ひな</rt></ruby>	8 <ruby>心春<rt>こはる</rt></ruby>
9 <ruby>凜<rt>りん</rt></ruby>	10 <ruby>美桜<rt>みお</rt></ruby>

國際禮節
世界の礼儀作法

▶ 第一次見面時，不同國家有不同的打招呼方式

1 <ruby>日本<rt>にほん</rt></ruby>／日本 — はじめまして。

2 アメリカ／美國 — Nice to meet you.

3 タイ／泰國 — 撒哇滴卡～

▶ T 1.4 **STEP 1** 邊聽MP3邊把空格填上

▶▶ 參考答案及翻譯詳見P144

1 Listen 句子

「 私（わたし）は＿＿＿＿＿です。＿＿＿＿＿
から　来（き）ました。どうぞ　よろしく
お願（ねが）いします

3 Listen 句子

「 ＿＿＿＿＿です。＿＿＿＿＿
から　来（き）ました。
よろしく　お願（ねが）い　します。 」

2 Listen 句子

「 ＿＿＿＿＿です。＿＿＿＿＿
から　来（き）ました。
よろしく　お願（ねが）いします。 」

▶ **STEP 2** 好好表現一下囉！找個同伴，兩人都自我介紹吧！

➡ 你和朋友都聊些什麼呢？
揪團學日文效果特別好！你
可以和朋友組織一個日語學
習社團，互相練習、切磋，
並且把練習的對話記錄下
來，幫助復習、校正！

〔認識大家〕
友だちを作ろう

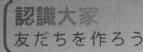

A 你認識A,B,C,D這四位來自世界各地的新朋友嗎？
試著幫他們與家鄉配對，送他們回家吧！

1 アメリカ

2 アフリカ

3 日本
にほん

4 中国
ちゅうごく

A 王玲／北京
おうれい／ペキン
王玲／北京

B スミス／ニューヨーク
史密斯／紐約

C カナ／ケニア
加納／肯亞

D 山田／東京
やまだ／とうきょう
山田／東京

帶他們回家吧！

請把正確的數字填入空格中

A		B		C		D	

▶▶▶ 答案詳見P144

B 跟同伴練習參考下面的對話，換你和同伴練習囉！

A：王玲さんは　中国人ですか。
　おうれい　　ちゅうごくじん
王玲小姐是中國人嗎？

換掉紅色字就可以用日語聊天了～

B：はい。中国の　北京から　来ました。
　　　ちゅうごく　ペキン　　き
是的。我來自中國的北京。

つづく（待續）

A：私は　日本の　東京から　来ました。
　わたし　にほん　とうきょう　　き
我來自日本的東京。

快來記下日語中的數字
数字を覚えよう

▶ **T 1.6** A 邊聽邊練習

0		1	2	3	4	5	6	7	8	9	10
ゼロ れい		いち	に	さん	よん し	ご	ろく	なな しち	はち	きゅう く	じゅう

▶ B 先練習唸下面的阿拉伯數字，然後拿出自己的學生證等，唸出上面的數字。

1
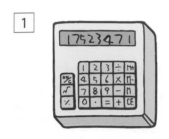

2

3
你的學生證

學會日常招呼真有禮貌
挨拶を覚えよう

▶ **T 1.7** 邊聽邊練習

1 おはようございます。
／早安。

2 こんにちは。
／你好。

3 こんばんは。
／晚安。

4 おやすみなさい。
／晚安（睡覺前）。

5 さようなら。
／再見。

讀解練習
読んでみよう

▶ 請閱讀以下短文，試著回答下列問題。

閲讀

はじめまして。私は 楊瑩です。中国から 来ました。父は 中国人です。でも、母は 日本人です。私の 仕事は 女優です。よろしく お願いします。

---

1 楊さんは （　）から 来ました。

❶中国　　　　❷日本　　　　❸中国と 日本　　　　❹女優

2 楊さんの 父は （　）。

❶中国から 来ました。　　　❷中国人です。

❸日本人です。　　　　　　　❹女優です。

翻譯　　解答

幸會，我叫楊瑩，來自中國。爸爸是中國人，但媽媽是日本人。我的工作是女演員。請大家多多指教。

---

1 楊小姐是從（　）來的。

❶中國　　　❷日本　　　❸中國及日本　　　❹女演員

2 楊小姐的爸爸（　）。

❶來自中國。　❷是中國人。　❸是日本人。　　❹是女演員。

答案：1、2 2、2

Lesson 01
N5單字總整理！

剛上完一課，快來進行單字總復習！
在日檢考試前，幫您做好萬全準備！

數字

- （どうも）ありがとうございました
  （謝謝，太感謝了）
- 頂きます
  （〈吃飯前的客套話〉我就不客氣了）
- いらっしゃい（ませ）
  （歡迎光臨）
- （では）お元気で
  （請多保重身體）
- お願いします
  （麻煩，請；請多多指教）
- おはようございます
  （〈早晨見面時〉早安，您早）
- お休みなさい
  （晚安）
- 御馳走様（でした）
  （多謝您的款待，我已經吃飽了）
- こちらこそ
  （哪兒的話，不敢當）
- 御免ください
  （有人在嗎）
- 御免なさい
  （對不起）
- 今日は
  （你好，日安）
- 今晩は
  （晚安你好，晚上好）
- さよなら／さようなら
  （再見，再會；告別）

- 失礼しました
  （請原諒，失禮了）
- 失礼します
  （告辭，再見，對不起）
- すみません
  （〈道歉用語〉對不起，抱歉；謝謝）
- では、また
  （那麼，再見）
- どういたしまして
  （沒關係，不用客氣，算不了什麼）
- 初めまして、どうぞよろしく
  （初次見面，你好，請多指教）
- （どうぞ）よろしく
  （指教，關照）

14

寒暄語

- ゼロ【zero】／零(れい)
  （〈數〉零；沒有）
- 1(いち)
  （〈數〉一；第一）
- 2(に)
  （〈數〉二，兩個）
- 3(さん)
  （〈數〉三；三個）
- 4(し)／4(よん)
  （〈數〉四；四個）
- 5(ご)
  （〈數〉五；五個）
- 6(ろく)
  （〈數〉六；六個）
- 7(しち)／7(なな)
  （〈數〉七；七個）
- 8(はち)
  （〈數〉八；八個）
- 9(きゅう)／9(く)
  （〈數〉九；九個）
- 10(じゅう)
  （〈數〉十；第十）
- 百(ひゃく)
  （〈數〉一百）
- 千(せん)
  （〈數〉〈一〉千）
- 万(まん)
  （〈數〉萬）

MEMO

_____

_____

_____

_____

_____

_____

_____

_____

_____

_____

_____

_____

_____

_____

_____

_____

_____

_____

_____

_____

_____

_____

_____

_____

_____

模 擬 考 題

一、文字、語彙問題

もんだい1＿＿の　ことばは　ひらがな、カタカナや　かんじで　どう　かきますか。
1・2・3・4から　いちばん　いいものを　ひとつ　えらんで　ください。

① 百
1　ひゃく　　　　　　　　2　せん　　　　　　　　3　まん　　　　　　　　4　ゼロ

② 九
1　しち　　　　　　　　2　じゅう　　　　　　　3　きゅう　　　　　　　4　はち

③ 初めまして
1　はつめまして　　　2　はじめまして　　　3　はしめまして　　　4　しょめまして

④ あめりか人
1　アメンカ　　　　　　2　アイリカ　　　　　　3　ヤメリカ　　　　　　4　アメリカ

もんだい2 ＿＿＿＿＿＿の　ぶんと　だいたい　おなじ　いみの　ぶんが　あります。1・2・3・4から　いちばん　いいものを　ひとつ　えらんで　ください。

① しつれいします。
　　1　いってきます。
　　2　いただきます。
　　3　さようなら。
　　4　いかがですか。

② ごめんなさい。
　　1　よろしく。
　　2　すみません。
　　3　ありがとう。
　　4　おねがいします。

二、文法問題

もんだい1 （　　　）に 何を 入れますか。1・2・3・4から いちばん いいもの を 一つ えらんで ください。

① 中山さん（　　　）学生です。
　　1 は　　　　2 か　　　　3 で　　　　4 から

② 中国（　　　） 来ました。
　　1 で　　　　2 か　　　　3 から　　　　4 の

③ あなたは 日本人です（　　　）。
　　1 は　　　　2 か　　　　3 から　　　　4 で

④ わたしは 大学（　　　）先生です。
　　1 は　　　　2 か　　　　3 の　　　　4 から

⑤ A「橋本さんは 日本人ですか。」
　　B「（　　　）。そうです。」

　　1 さん　　　　2 はい　　　　3 です　　　　4 から

⑥ 中山美穂（　　　）。よろしく。
　　1 の　　　　2 はい　　　　3 か　　　　4 です

もんだい2 請依照中文的意思，把（　　　）内的日文重新排序，再把號碼填進方格內。

① 　初次見面，我叫田中美香，請多指教。
　　（① 田中美香です　② お願いします　③ よろしく　④ どうぞ　⑤ 初めまして）。

　　☐ ▶ ☐ ▶ ☐ ▶ ☐ ▶ ☐

② 　你是東京大學的學生嗎？
　　（① です　② は　③ の　④ 東京大学　⑤ 学生　⑥ か　⑦ あなた）。

　　☐ ▶ ☐ ▶ ☐ ▶ ☐ ▶ ☐ ▶ ☐ ▶ ☐

2 把朋友的朋友都變成朋友吧！

こちらは　山口建太さんです。

看圖記單字
絵を見て覚えよう

▶ **T 2.1** 各行各業的朋友你都有！

私は　看護師です。／我是護士。

あなたは？／你呢？

1. 店員／店員
2. 看護師／護士
3. 会社員／公司職員
4. 先生／老師
5. 学生／學生

> 注解：日本「学生」一詞主要指就讀高等專門學校（類似台灣五專）、大專院校或研究所的學生。

6. 記者／記者
7. 警察官／警察
8. 主婦／主婦
9. 作家／作家
10. 運転手／司機
11. 医者／醫生
12. 歌手／歌手

▶ **T 2.2** 跟朋友互相練習一下！

是不是很簡單呢？

參考下列說法，練習看看
A：お仕事は？／您從事什麼工作？　　B：医者です。／我是醫生。

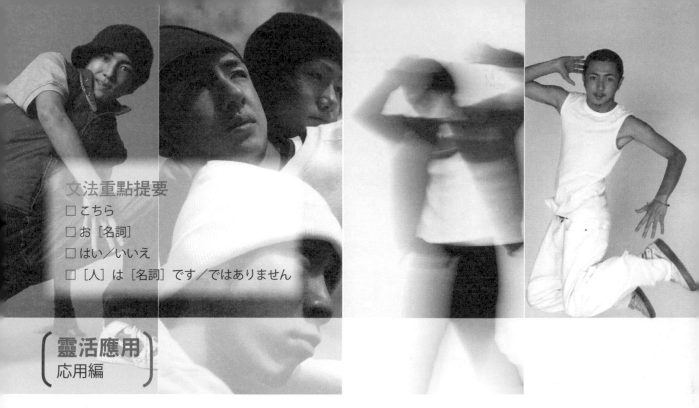

文法重點提要
□ こちら
□ お [名詞]
□ はい／いいえ
□ [人] は [名詞] です／ではありません

【靈活應用】
応用編

▶ **T 2.3** 這是新成立的男子偶像團體，兩位成員來自不同的國家，平時還有自己的工作呢！讓我們來聽聽電台DJ的採訪，認識他們吧！接著，與同伴輪流扮演偶像及DJ，練習日語會話！

名前	国	仕事	住まい
山口建太	日本	先生	東京
金明俊	韓国	店員	ソウル

A：こちらは　山口建太さんです。

這位是山口建太先生。

B：皆さん、こんにちは。山口建太です。日本から　来ました。どうぞ　よろしく。

大家好，我是山口建太。我來自日本。請大家指教。

A：山口さんの　お住まいは　横浜ですか。

山口先生住在橫濱嗎？

B：いいえ、横浜では　ありません。東京です。

不是，不在橫濱，而是東京。

A：こちらは　金明俊さんです。

這位是金明俊先生。

B：皆さん、こんにちは。金明俊です。私は　韓国から　来ました。よろしく。

大家好，我是金明俊。我來自韓國，請指教。

A：金さんの　お住まいは　ソウルですか。

金先生住在首爾嗎？

B：はい、そうです。

是的，沒錯。

文法重點說明

1 こちらは　山口建太さんです。（這位是山口建太先生。）

這裡的「こちら」（這一位）用來指人，常用在介紹的時候。對長輩、上司使用。

こちらは　山田先生です。（這一位是山田老師。）

こちらは　医者の　王さんです。（這一位是王醫師。）

2 山口さんの　お住まいは　横浜ですか。（山口先生住在横濱嗎？）

「お住まい」的「お」是表示尊敬意義的接頭詞，一般接在跟人有關的詞前面，表示對所接詞裡的人的尊敬。例如：「お名前」（您貴姓）、「お仕事」（您從事的工作）等。

3 いいえ、横浜では　ありません。（不，不是横濱。）

「いいえ」（不是），表示否定的回答。相對地，「はい」（是的）用在肯定或承認對方的意見。

あなたは　学生ですか。（你是學生嗎？）

一はい、そうです。（是的，我是。）

一いいえ、そうではありません。私は　先生です。（不，不是的，我是老師。）

「[人] は [名詞] ではありません」。「ではありません」（不是）是「です」（是）的否定形式。說法口語、隨便一點就用「じゃありません」，「じゃ」是「では」的口語音變形。

花子は　学生じゃ　ありません。（花子不是學生。）

私は　先生じゃ　ありません。（我不是老師。）

認識新朋友
友だちを作ろう

▶ 想在網路上認識新朋友，就先來看看她的個人資料吧！

everyday extra agency online file

address: http://www.ddddddd.co.edu.tw/

名前：佐藤ゆり
国：日本
仕事：学生
住まい：横浜

／姓名：佐藤百合
／國籍：日本
／工作：學生
／住處：橫濱

home
next>
<back
Links
info

▶ **T 2.4** 請幫佐藤小姐回答他的自己的個人資料，接著再聽一次MP3，看看是不是答對了呢？

1 お名前は？ ＿＿＿＿＿＿＿＿です。
2 お国は？ ＿＿＿＿＿＿＿＿です。
3 お仕事は？ ＿＿＿＿＿＿＿＿です。
4 お住まいは？ ＿＿＿＿＿＿＿＿です。

▶▶ 答案及翻譯詳見P144

▶ 想要多交新朋友，請參以下說法，找朋友練習一下！

お名前は？ ／ 您的大名是？

佐藤ゆりです。 ／ 我叫佐藤百合。

Practice

想隨時關注對方，保持聯絡，你還可以聊些什麼呢？

單字：フェイスブック（Facebook）
例句：フェイスブックの名前は？
你 FB 的名字是什麼？

填填看
やってみよう

▶ 已經作過互相介紹的會話練習，現在請填上簡單的個人資料，找朋友演練一遍，
就可以上網交日本朋友了！

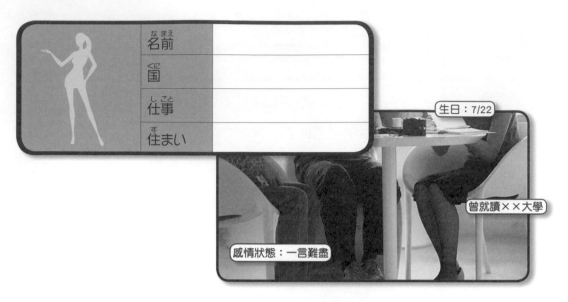

名前 (なまえ)	
国 (くに)	
仕事 (しごと)	
住まい (すまい)	

生日：7/22

曾就讀××大學

感情狀態：一言難盡

▶ 哎呀！對方會錯意了，該怎麼回答呢？

佐藤 (さとう) さんは　アメリカ人 (じん) ですか。

佐藤小姐是美國人嗎？

✗ いいえ、佐藤 (さとう) さんは　アメリカ人 (じん) では　ありません。日本人 (にほんじん) です。

○ → はい、アメリカ人 (じん) です。

✗ →不，佐藤小姐不是美國人。是日本人。
○ →是的，是美國人。

▶ **T 2.5** 請回答下列問題，填寫完再聽MP3，看看自己答對了嗎？

1. 佐藤 (さとう) さんは　日本人 (にほんじん) ですか。

_____。

2. 佐藤 (さとう) さんは　店員 (てんいん) ですか。

_____。

3. 佐藤 (さとう) さんの　お住まい (す) は　東京 (とうきょう) ですか。

_____。

▶▶ 參考答案及翻譯詳見P144

（ 對話練習 ）
話してみよう

▶ T 2.6　您已經跟佐藤小姐成為好朋友了，現在您要介紹佐藤小姐給田中先生。

あなた：田中さん、こちらは　佐藤さんです。
佐藤さん、こちらは　田中さんです。

　　　田中先生，這位是佐藤小姐。佐藤小姐，
　　　這位是田中先生。

佐 藤：佐藤です。どうぞ　よろしく。

　　　我叫佐藤，請多指教。

田 中：田中です。どうぞ　よろしく。

　　　我叫田中，請多指教。

讀解練習
読んでみよう

▶ 請閱讀以下短文，試著回答下列問題。

閱讀

地球の 皆さん、こんにちは。私は 宇宙人です。地球人では ありません。名前は 宇宙タロウです。仕事は 地球の 研究です。今の 住まいは 月です。よろしく お願いします。

---

1 「私」の 仕事は （　　）です。

❶宇宙の 研究　　　❷地球の 研究　　　❸月の 研究　　　❹宇宙人

2 「私」の 今の 住まいは （　　）です。

❶中国　　　　　❷日本　　　　　❸地球　　　　　❹月

翻譯　　**解答**

各位地球人，大家好。我是外星人，不是地球人。我的名字是宇宙太郎，工作是從事地球的研究，目前住在月亮上。請大家多多指教！

---

1 「我」的工作是（　　）。

❶宇宙的研究　　　❷地球的研究　　　❸月球的研究　　　❹外星人

2 「我」現在的居住地是（　　）。

❶中國　　　　　❷日本　　　　　❸地球　　　　　❹月球

答案：2 1．2 4

Lesson 02

N5單字總整理！

剛上完一課，快來進行單字總復習！
在日檢考試前，幫您做好萬全準備！

工作者

医者（醫生，大夫）

仕事（工作；職業）

お巡りさん
（〈俗稱〉警察，巡警）

会社（公司；商社）

警官（警官，警察）

學校

生徒（〈中學、高中〉學生）

先生
（老師；醫生）

学生（學生）

郵局

葉書（明信片）

切手（郵票）

手紙（信，函）

封筒
（信封，封套）

切符（票，車票）

ポスト【post】
（郵筒，信箱）

模擬考題

一、文字、語彙問題

もんだい1＿＿の ことばは ひらがな、カタカナや かんじで どう かきますか。
1・2・3・4から いちばん いいものを ひとつ えらんで ください。

① 先生
1　せんせ　　　　2　せんせい　　　　3　せいせい　　　　4　せんせえ

② 医者
1　いっしゃ　　　2　いしや　　　　　3　いっしゃあ　　　4　いしゃ

③ 会社
1　かいじゃ　　　2　かいしゃ　　　　3　がいしゃ　　　　4　かいしや

④ 切手
1　きって　　　　2　きて　　　　　　3　きっで　　　　　4　きで

⑤ ふうとう
1　封胴　　　　　2　封洞　　　　　　3　封笥　　　　　　4　封筒

⑥ ぽすと
1　ポスメ　　　　2　ポヌト　　　　　3　オスと　　　　　4　ポスト

もんだい2 ＿＿＿＿の ぶんと だいたい おなじ いみの ぶんが あります。1・2・3・4から いちばん いいものを ひとつ えらんで ください。

① たなかさんは ソウルから きました。
1　たなかさんは にほんじんです。　　2　たなかさんは ちゅうごくじんです。
3　たなかさんは かんこくじんです。　4　たなかさんは アメリカじんです。

② たなかさんは おまわりさんです。
1　たなかさんは せんせいです。　　　　2　たなかさんは いしゃです。
3　たなかさんは けいかんです。　　　　4　たなかさんは がくせいです。

二、文法問題

もんだい1　（　　　）に　何を　入れますか。1・2・3・4から　いちばん　いいもの
を　一つ　えらんで　ください。

① A「あなたは　日本人ですか。」
　　B「（　　　）、日本人では　ありません。」

　　1　いいえ　　　2　はい　　　3　そうです　　4　どうぞ

② （　　　）住まいは　おおさかですか。
　　1　の　　　　　2　お　　　　3　か　　　　4　に

③ 楊さん（　　　）お仕事は　先生ですか。
　　1　か　　　　　2　の　　　　3　に　　　　4　で

④ A「あなたは　お巡りさんですか。」
　　B「はい、（　　　）。」

　　1　お巡りさんですか
　　2　お巡りさんでは　ありません
　　3　そうですか
　　4　そうです

⑤ A「失礼ですが、お名前は。」　　B「（　　　）。」
　　1　楊です　　　2　先生です　　　　3　ソウルです　　　4　大学です

もんだい2　請依照中文的意思，把（　　　）內的日文重新排序，再把號碼填進方格內。

① 橋本先生是住東京嗎？
　　（①か　②東京です　③の　④お住まい　⑤橋本さん　⑥は）。
　　□ ▶ □ ▶ □ ▶ □ ▶ □ ▶ □

② 各位，這位是臺灣的王先生。
　　（①は　②台湾　③の　④王さんです　⑤こちら　⑥皆さん）。
　　□ ▶ □ ▶ □ ▶ □ ▶ □ ▶ □

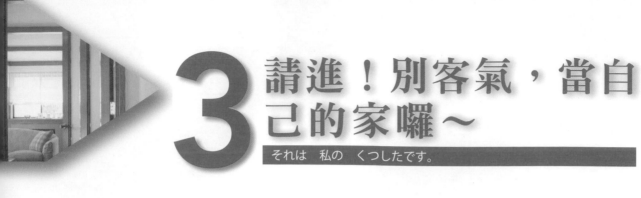

3 請進！別客氣，當自己的家囉～

それは　私の　くつしたです。

看圖記單字
絵を見て覚えよう

▶ **T 3.1** 聽聽看！再大聲唸出來

1 ソファー／沙發	7 カーテン／窗簾
2 テーブル／桌子	8 電気スタンド／檯燈
3 いす／椅子	9 時計／時鐘
4 窓／窗戶	10 ドア／門
5 箸／筷子	11 本棚／書架
6 花瓶／花瓶	12 絵／圖畫

注解：日文中「沙發」一詞，書寫通常傾向使用「ソファ」，口說時常唸作「ソファー」，但也沒有太硬性的規定。

▶ **T 3.2** 找找您有的傢俱單字，並參考下列對話和朋友練習一下！

A：これは　何ですか。（這是什麼？）

B：それは　私の　ソファーです。
（那是我的沙發椅。）

靈活應用
応用編

▶ **T 3.3** 花子到好友小金的房間，小金的房間一團糟。先聽聽她們的對話，原來小金最喜歡的偶像是…。

文法重點提要

□ これ／それ／あれ／この／その／あの
□ 何（なに／なん）
□ ［名詞］も（付加）
□ ［人］のです（所有）
□ そうです／そうではありません
□ ［名詞］と［名詞］

A：これは　何ですか。

　這是什麼？

B：それは　私の　くつしたです。

　這是我的襪子。

A：この　かばんも、金さんのですか。

　這個包包也是金小姐的嗎？

B：いいえ、そうでは　ありません。妹のです。

　不，不是的。那是我妹妹的。

A：これは、タオルと　ハンカチですか。

　這是毛巾和手帕嗎？

B：はい、そうです。

　是的，沒錯。

A：キムタクの　ポスターは　どれですか。

　請問木村拓哉的海報是哪一個呢？

B：あれです。

　是那個。

> それは　私の_____です。

▶ 好好表現一下囉！找出上面插畫中其它的東西，參考上面的對話，跟同伴做練習。

文法重點說明

1 これは　何ですか。（這是什麼？）

中文裡只有「這個」跟「那個」，但在日文中有三種指示代名詞。有了指示詞，我們就知道說話現場的事物，和說話內容中的事物在什麼位置了。日語的指示詞有下面四個系列：

こ系列—指示離說話者近的事物。
そ系列—指示離聽話者近的事物。
あ系列—指示說話者、聽話者範圍以外的事物。
ど系列—指示範圍不確定的事物。

指說話現場的事物時 如果這一事物離說話者近的就用「こ系列」離聽話者近的用「そ系列」，在兩者範圍外的用「あ系列」。指示範圍不確定的用「ど系列」。

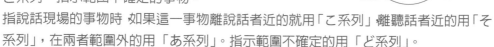

● これ / それ / あれ / どれ

	事物	事物	場所	方向	範圍
こ	これ 這個	この 這個	ここ 這裡	こちら 這邊	說話者一方
そ	それ 那個	その 那個	そこ 那裡	そちら 那邊	聽話者一方
あ	あれ 那個	あの 那個	あそこ 那裡	あちら 那邊	說話者、聽話者以外的
ど	どれ 哪個	どの 哪個	どこ 哪裡	どちら 哪邊	是哪個不確定的

這一組是事物指示代名詞，用來指某物。「これ」（這個）指離說話者近的事物。「それ」（那個）指離聽話者近的事物。「あれ」（那個）指說話者、聽話者範圍以外的事物。「どれ」（哪個）表示事物的不確定和疑問。

これは　何ですか。（這是什麼？）

それは　山田さんの　パソコンです。（那是山田先生的電腦。）

● この / その / あの / どの

這組也是指示代名詞，它跟可以單獨使用的「これ / それ / あれ / どれ」不同，是不能單獨使用的，只能用來連接名詞。

この　人は　中山さんです。（這個人是田中先生。）

これは　いすです。（這是椅子。）

「何（なに）／（なん）」代替名稱或情況不瞭解的事物。也用在詢問數字。可譯作「什麼」。「何が」、「何を」及「何も」唸「なに」；「何だ」、「何の」及詢問數字時唸「なん」；至於「何で」、「何に」、「何と」及「何か」唸「なに」或「なん」都可以。

これは　何ですか。（這是什麼呢？）
それは　何　ものですか。（那是什麼東西？）

2 この　かばんも、金さんのですか。（這個包包也是金小姐的嗎？）
「[名詞] も」表示跟其他的事物是一樣的。可譯作「也…」、「又…」。

山田さんは　医者です。鈴木さんも　医者です。
（山田先生是醫生。鈴木先生也是醫生。）

「[人] のです。」這裡的「の」表示所有。是替代該名詞的同位語。這樣，後面就可以省略前面出現過的名詞，不需要再重複說了。可譯作「…的」。

この　時計は　誰のですか。（這個時鐘是誰的？）
私の　時計です。＝私のです。（那時鐘是我的。＝是我的。）

3 いいえ、そうでは　ありません。（不，不是的。）
「そうでは　ありません。」是肯定對方意見「そうです」（是的）的相對詞。表示否定或不承認對方的意見 所說的話 較隨便的說法是「そうじゃありません」（不是的）。

それは　鉛筆ですか。（那是鉛筆嗎？）

ーいいえ、そうでは　ありません。ペンです。（不，不是的，是原子筆。）

4 これは　タオルと　ハンカチですか。（這是毛巾跟手帕嗎？）
「[名詞] と [名詞]」。表示幾個事物的並列。想要敘述的主要東西，全部都清楚地列舉出來。可譯作「…和…」、「…與…」。「と」大多與名詞相接。

これは　猫と　犬です。（這是貓跟狗。）
朝は　パンと　紅茶です。（早上吃麵包和喝紅茶。）

▶ こそあど系列

| | | これ | それ | あれ | どれ |

こそあど系列

👥	🧍	指示代名詞	指示代名詞
指離說話者近的事物		この＋名詞／這～	これ／這個
指離聽話者近的事物		その＋名詞／那～	それ／那個
指說話者、聽話者以外的事物		あの＋名詞／那～	あれ／那個
指不確定的事物和疑問		どの＋名詞／哪～	どれ／哪個

聽力練習ア
聞き取り練習

▶ **T 3.4** 花子在跟朋友介紹她身邊的東西，請把名稱正確的號碼填在 ◯ 中。

日文單字／中譯

1 ねこ／貓　　　5 本（ほん）／書

2 ソファー／沙發　6 テレビ／電視

3 かばん／包包　　7 池（いけ）／人造池塘

4 携帯（けいたい）／手機　8 花（はな）／花；鳥（とり）／鳥

▶▶ 答案詳見P145

▶ **T 3.5** 花子非常喜歡動物，一到動物園便興奮地問個不停。花子問的是哪個動物呢？請聽 MP3，把正確的動物日文名稱填入空白處。

1

2

3

4

5

6

7

8

▶▶ 答案詳見P145

▶ 動物的說法都學會了嗎？請參考下面的對話，跟朋友做練習。

A：これは　ぞうですか。
這是大象嗎？

B：はい、そうです。
是的。沒錯。

A：あれは　豚ですか。
那是豬嗎？

B：いいえ、豚では　ありません、犬です。
不，不是豬，是狗。

> 換掉紅色字就可以用日語聊天了～

造句練習
書いてみよう

▶ 將順序混亂的字詞，組合成文意通順的句子。

例：は／です／これ／いす→これは　いすです。（這是椅子。）

1. の／は／です／花子（はなこ）／ギター／それ

答案

2. の／太郎（たろう）／は／その／テーブル／です

答案

3. 花瓶（かびん）／です／カーテン／は／と／あれ

答案

▶▶▶ 答案詳見P145

▶ 小短文

到老朋友家作客，帶個伴手禮，才符合禮尚往來的精神。不過看似簡單的事情，背後卻隱藏著深厚的學問呢！說到「送禮」，不由得令人想起日本人那多禮又細膩的送禮文化了。

送禮是日本人表達謝意的方式之一，他們可算是從年頭到年尾都在送禮的民族，對「送禮」可有一套縝密的哲學喔！根據調查，普遍的日本人喜歡收到比較實用的禮物，例如罐頭、海鮮、醬菜等食品類，或是禮券、清潔劑、酒類、飲品及水果等，都廣受歡迎呢！話說回來，送禮最重要的是讓對方感受到你的用心囉！

▶ 請閱讀以下短文，試著回答下列問題。

閲讀

　　これは　私の　学校です。校舎の　前は、校庭です。校庭の　端は、駐車場です。あの　車は、校長先生のです。あれは　体育館です。その　隣は　プールです。プールの　後ろは、物置です。あの　物置は、幽霊の　家です。これは、秘密です。

1 校舎の　前の　端は　何ですか。
① 校庭です。　② 駐車場です。　③ 体育館です。　④ プールです。

2 （　　）は　幽霊の　住まいです。
① 校舎　　② 校長先生の　車　③ 体育館　④ 物置

翻譯　解答

　　這是我的學校。校舍的前面是校園，靠校園的尾端是停車場。那部車是校長的。那個是體育館，旁邊是游泳池。游泳池的後面是儲藏室，那間儲藏室裡住著鬼。這是秘密。

1 校舍前面的尾端是什麼呢？
① 是校園。　② 是停車場。　③ 是體育館。　④ 是游泳池。

2 （　　）是鬼住的地方。
① 校舍　　② 校長先生的車　③ 體育館　④ 儲藏室

答案：1. 2・2. 4

Lesson 03

N5單字總整理！

剛上完一課，快來進行單字總復習！
在日檢考試前，幫您做好萬全準備！

房間

ベッド【bed】
（床，床舖）

でんき
電気
（電力；電燈）

まど
窓（窗戶）

空間

● へや
部屋
（房間；屋子）

● シャワー【shower】
（淋浴；驟雨）

● トイレ【toilet】
（廁所，洗手間，盥洗室）

● だいどころ
台所
（廚房）

● げんかん
玄関
（〈建築物的〉正門，前門，玄關）

● かいだん
階段
（樓梯，階梯，台階）

● お手洗い
（廁所，洗手間）

● ふろ
風呂
（浴缸；洗澡）

家具

つくえ
机
（桌子，書桌）

いす
椅子
（椅子）

とけい
時計
（鐘錶，手錶）

でんわ
電話
（電話；打電話）

ほんだな
本棚
（書架，書櫃）

ラジカセ
（〈和〉radio＋cassette
之略】錄放音機）

れいぞうこ
冷蔵庫
（冰箱）

かびん
花瓶
（花瓶）

テーブル【table】
（桌子；餐桌）

テープレコーダー
【tape recorder】
（卡帶錄音機）

テレビ【television】
（電視）

ラジオ【radio】
（收音機）

せっけん
石けん
（香皂，肥皂）

ストーブ【stove】
（火爐，暖爐）

● これ
（這，這個）

● それ
（那，那個）

● あれ
（那，那個）

● どれ
（哪，哪個）

● ここ
（這裡；這邊）

● そこ
（那兒，那邊）

● あそこ
（那兒，那邊）

● どこ
（何處，哪兒，哪裡）

● こちら
（這邊，這裡，這方面；這位；我，我們
〈口語為 " こっち "〉）

● そちら
（那兒，那裡；那位，那個；府上，貴處
〈口語為 " そっち "〉）

● あちら
（那兒，那裡；那位，那個；府上，貴處
〈口語為 " そっち "〉）

● どちら
（〈方向，地點，事物，人等〉哪裡，哪個，
哪位〈口語為 " どっち "〉）

● この
（這，這個）

● その
（那，那個）

● あの
（那，那個）

● どの
（哪 ，哪個）

● こんな
（這樣的，這種的）

● どんな
（什麼樣的；不拘什麼樣的）

● 誰（だれ）
（誰，哪位）

● 誰（だれ）か
（誰啊）

● どなた
（哪位，誰）

● 何（なに）／何（なん）
（什麼；任何）

MEMO
_____
_____
_____
_____
_____
_____
_____

模擬考題

一、文字、語彙問題

もんだい1＿＿の ことばは ひらがな、カタカナや かんじで どう かきますか。
1・2・3・4から いちばん いいものを ひとつ えらんで ください。

① お風呂

    1 ふれ   2 ふろ   3 ぶろ   4 ふら

② 時計

    1 どけい   2 とけい   3 とうけい   4 とげい

③ 冷蔵庫

    1 れえぞうこ   2 れいそうこ   3 れいぞうこう   4 れいぞうこ

④ まど

    1 迷   2 戸   3 窓   4 的

⑤ へや

    1 倍屋   2 部尾   3 部屋   4 剖屋

⑥ てーぶる

    1 テーブル   2 テーブレ   3 テーブラ   4 ラーブロ

もんだい2 ＿＿＿＿の ぶんと だいたい おなじ いみの ぶんが あります。1・2・3・4から いちばん いいものを ひとつ えらんで ください。

① いいえ、ちがいます。

    1 はい、そうです。   2 いいえ、そうです。
    3 いいえ、そうでは ありません。   4 はい、そうでは ありません。

② あの ひとは どなた ですか。

    1 あの ひとの しごとは なんですか。 2 あの ひとの いえは どこですか。
    3 あの ひとの なまえは なんですか。 4 あの ひとの かいしゃは どこですか。

二、文法問題

もんだい1 （ 　 ）に 何を 入れますか。1・2・3・4から いちばん いいもの を 一つ えらんで ください。

① A「この 時計は だれの ですか。」
B「あ、それは わたし（ 　 ） です。」

　 1 か 　 　 2 の 　 　 3 を 　 　 4 が

② 楊さんは 台湾人です。林さん（ 　 ）台湾人です。
　 1 と 　 　 2 や 　 　 3 も 　 　 4 か

③ 皆さん、こちらは ジョンさん（ 　 ） アンナさんです。
　 1 や 　 　 2 か 　 　 3 の 　 　 4 と

④ A「それは （ 　 ）ですか。」
B「机です。」

　 1 どの 　 　 　 　 2 だれ 　 　 　 　 3 机 　 　 4 何

⑤ A「（ 　 ）いすは あなたのですか。」
B「いいえ、違います。」

　 1 どの 　 　 　 　 2 何 　 　 3 これ 　 　 　 　 4 この

⑥ A「これは（ 　 ） のですか。」
B「はい、わたしのです。」

　 1 その 人 　 　 　 　 2 だれ 　 　 　 　 3 わたし 　 　 　 　 4 あなた

もんだい2 請依照中文的意思，把（ 　 ）内的日文重新排序，再把號碼填進方格內。

① 那是田中先生的收音機。
（①です ②は ③それ ④田中さん ⑤ラジオ ⑥の）。
□ ▸ □ ▸ □ ▸ □ ▸ □ ▸ □

② 這房間是花子的嗎？
（①花子 ②は ③部屋 ④か ⑤この ⑥です ⑦の）。
□ ▸ □ ▸ □ ▸ □ ▸ □ ▸ □ ▸ □

4 為你介紹，這是我大姐！

この　人は　どなたですか。

▶ **T 4.1** 聽聽看！再大聲唸出來

1. 祖父（そふ）／祖父　　2. 祖母（そぼ）／祖母

3. 父（ちち）／父親　　4. 母（はは）／母親　　5. 叔父（おじ）／叔叔　　6. 叔母（おば）／阿姨

7. 兄（あに）／哥哥　　8. 姉（あね）／姊姊　　9. 私（わたし）／我　　10. 弟（おとうと）／弟弟　　11. 妹（いもうと）／妹妹

12. 夫（おっと）／先生

13. 妻（つま）／太太

15. 娘（むすめ）／女兒

14. 息子（むすこ）／兒子

40

文法重點提要
□ 誰／どなた
□ いくつ（歳）
□ ［数字］歳
□ どちら
□ ［句子］ね

靈活應用
応用編

▶ **T 4.2** 怎麼介紹家人呢？跟同伴練習下面的
對話吧！

A：これは　どなたですか。

　　請問這是哪一位呢？

B：姉です。

　　這是家姉。

A：お姉さんは　おいくつですか。

　　請問令姉幾歲呢？

B：２８歳です。

　　28歲。

A：この　人は　どなたですか。

　　請問這位是誰呢？

B：兄です。兄は　セールスマンです。

　　這是家兄。家兄是業務員。

A：お兄さんの　会社は　どちらですか。

　　請問令兄的公司是哪一家呢？

B：ABC貿易です。

　　ABC貿易公司。

A：ああ、くつの　会社ですね。

　　喔，是那家專做鞋子的公司吧。

▶ 好好表現一下囉！請拿出自己的全家福照片，參
考上面的對話，跟同伴介紹自己的家人。

41

文法重點說明

1 これは　どなたですか。（請問這是哪一位呢？）

「だれ」是詢問人的名字等等的不定稱疑問詞。它相對於第一、二、三人稱 也就是「誰」的意思。更有禮貌的說法是「どなた」，可譯作「哪位」。

　　あの　人は　だれですか。（那個人是誰？）

　　あなたは　どなたですか。（您是哪位呢？）

2 お姉さんは　おいくつですか。（請問令姊幾歲呢？）

「いくつ」在這裡是詢問年齡的疑問詞。可譯作「幾歲」。也可以詢問個數。

　　おいくつですか。（請問您幾歲？）

　　あの　人は　おいくつですか。（請問那位幾歲了？）

3 ２８歳です。（28歲。）

助數詞「歳」接在數字後面「[数字]歳」，表示年齡。詢問幾歲也用「何歳（なんさい）」。

　　妹は　８歳です。（我妹妹8歲。）

　　お姉さんは　何歳ですか。（你姊姊幾歲？）

4 お兄さんの　会社は　どちらですか。（請問令兄的公司是哪一家呢？）

表示不明確或不特定的場所、方向的「どちら」（哪邊）。還可以用在有禮貌地詢問對方服務的公司在哪裡。

5 ああ、くつの　会社ですね。（喔，是那家專做鞋子的公司吧。）

表示輕微的感嘆，帶有徵求對方認同的語氣，基本上使用在說話人認為對方也知道的事物上。另外，也有跟對方做確認的語氣。

　　今日は　暑いですね。（今天真熱啊！）─徵求認同

　　あなたは　学生ですね。（你是學生吧！）─確認

　　桜ちゃんは　二十歳ですね。（小櫻二十歲吧！）─確認

數字跟年齡
数字と年齢

▶ **T 4.3** 邊聽邊練習，並參考右邊的例句，跟同伴介紹自己的家人跟年齡。

11 じゅういち	20 にじゅう
12 じゅうに	30 さんじゅう
13 じゅうさん	40 よんじゅう
14 じゅうよん、じゅうし	50 ごじゅう
15 じゅうご	60 ろくじゅう
16 じゅうろく	70 ななじゅう
17 じゅうなな、じゅうしち	80 はちじゅう
18 じゅうはち	90 きゅうじゅう
19 じゅうきゅう、じゅうく	100 ひゃく

A：これは　だれですか。
這位是誰？

B：兄（あに）です。／是我哥哥。

A：おいくつですか。
他幾歲了？

B：２５歳（にじゅうごさい）です。／25歲。

▶ **T 4.4** 要注意的「歲數」日語唸法

> 雖然日語說到年齡，大部分都像中文一樣，直接在數字後面加上「歲」就行了，不過還是有一些唸法並非是照著這樣的規則走喔！譬如，「二十歲」通常不會唸成「にじゅっさい」，而是「はたち」呢！所以大家一定要特別記住這些唸法喔！

- ● 1歳（いっさい）／一歲
- ● 2歳（にさい）／兩歲
- ● 3歳（さんさい）／三歲
- ● 4歳（よんさい）／四歲
- ● 5歳（ごさい）／五歲
- ● 6歳（ろくさい）／六歲
- ● 7歳（ななさい）／七歲
- ● 8歳（はっさい）／八歲
- ● 9歳（きゅうさい）／九歲
- ● 10歳（じゅうさい）・10歳（じっさい）／十歲
- ● 20歳（はたち）／二十歲

20歳（はたち）の　お誕生日（たんじょうび）おめでとう。
／二十歲生日，恭喜！

▶ **T 4.5** 住家附近的大公園總是這麼熱鬧！鄰居不管男女老少都愛來公園走走。話說回來，那個人是…？請參考對話，再跟同伴聊聊圖片中指到的人。

- 青木／会社員（あおき／かいしゃいん）
- 中村／記者（なかむら／きしゃ）
- 渡辺／医者（わたなべ／いしゃ）
- 石川／店員（いしがわ／てんいん）
- 高橋／先生（たかはし／せんせい）
- 橋本／学生（はしもと／がくせい）
- 小林／警察官（こばやし／けいさつかん）

A：あの 人（ひと）は だれですか。
那個人是誰？
B：高橋（たかはし）さんです。
是高橋小姐。

A：高橋さんは 先生（せんせい）ですか。
高橋小姐是老師嗎？
B：はい、そうです。
是的，沒錯。

▶▶ 其它參考對話詳見P145

家族的稱呼
家族の呼び方

▶ **T 4.6** 邊聽邊練習

中譯	祖父	祖母	姑姑、阿姨等	叔叔、舅舅等	父親	母親	哥哥	姊姊	弟弟	妹妹
稱呼自己家族	祖父（そふ）	祖母（そぼ）	叔母・伯母（おば・おば）	叔父・伯父（おじ・おじ）	父（ちち）	母（はは）	兄（あに）	姉（あね）	弟（おとうと）	妹（いもうと）
尊稱他人家族	おじいさん	おばあさん	おばさん	おじさん	お父さん（とう）	お母さん（かあ）	お兄さん（にい）	お姉さん（ねえ）	弟（おとうと）さん	妹（いもうと）さん

對話練習イ
話してみよう

▶ **T 4.7** 請把下圖 1～4 當作是您的家人，參考以下的對話，跟同伴介紹他們的工作，要注意不同的稱呼方式喔！

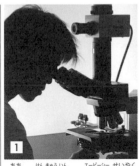

1	2	3	4
父／研究員／ABC製薬／薬	姉／事務員／大原組／建設	兄／セールスマン／朝日自動車製作所／車	妹／会社員／ふじ株式会社／コンピューター
父親／研究員／ABC製藥公司／藥品	姊姊／事務員／大原組／建設	哥哥／推銷員／朝日汽車製造工廠／汽車	妹妹／公司職員／富士股份有限公司／電腦

1

A： 父は 研究員です。

我父親是研究員。

B： お父さんの 会社は どちらですか。

令尊在哪家公司服務？

A： ABC製薬です。

ABC製藥公司。

B： 何の 会社ですか。

是什麼樣的公司呢？

A： 薬の 会社です。

是藥品公司。

▶▶ 其它參考對話詳見P146

お父さんの 会社は どちらですか。

父は 研究員です。

▶ 請閱讀以下短文，試著回答下列問題。

閱讀

私の　家族は、父、母、兄、私です。父は　４５歳です。二枚目俳優です。母は　４３歳です。きれいです。だから　雑誌の　モデルです。兄は　１６歳です。アイドル歌手です。女子中学生は　全部、兄の　ファンです。父、母、兄が　美男美女です。当然、私も　美少女です。

1 「私」の　父と　母の　仕事は　何ですか。
　❶ 俳優です。　　❷ モデルです。　　❸ 俳優と　モデルです。　　❹ 歌手です。

2 この　人の　家族の　何人が　美男美女ですか。
　❶ 1人　　　　❷ 2人　　　　❸ 3人　　　　❹ 4人

翻譯　　解答

　　我家有爸爸、媽媽、哥哥跟我。爸爸45歲，是位小生演員；媽媽43歲，長得很漂亮，因此擔任雜誌的模特兒；哥哥16歲，是個偶像歌手，每一個女中學生都是哥哥的歌迷。我的爸媽、哥哥都是俊男美女。當然，我也是正妹囉！

1 「我」爸爸、媽媽的工作是什麼？
　❶ 是演員。　　❷ 是模特兒。　　❸ 是演員、模特兒。　　❹ 是歌手。

2 這個人的家族有幾個人是俊男美女呢？
　❶ 一個人　　　❷ 兩個人　　　❸ 三個人　　　❹ 四個人

答案：１ ❸・２ ❹

Lesson 04
N5單字總整理！

剛上完一課，快來進行單字總復習！
在日檢考試前，幫您做好萬全準備！

家族（一）

お祖父さん
（祖父；
外公；爺爺）

お祖母さん
（祖母；外祖
母；老婆婆）

お父さん
（父親；令尊）

父
（家父，爸爸）

お母さん
（母親；令堂）

母
（家母，媽媽）

お兄さん
（哥哥）

兄
（哥哥，家兄）

お姉さん
（姊姊）

姉
（姊姊，家姊）

弟
（弟弟）

妹
（妹妹）

伯父さん／叔父さん
（伯伯，叔叔，舅舅，
姨丈，姑丈）

伯母さん／叔母さん
（姨媽，嬸嬸，姑媽，
伯母，舅媽）

家族（二）

● 両親（父母，雙親）
● 兄弟（兄弟；兄弟姊妹）
● 家族（家人，家庭，親屬）
● ご主人（您的先生）
● 奥さん（太太，尊夫人）
● 自分（自己，本人）

● 1人（一人；一個人）
● 2人（兩個人，兩人）
● 皆さん（大家，各位）
● 一緒（一同，一起）
● 大勢（很多〈人〉）

模 擬 考 題

もんだい1＿＿の　ことばは　ひらがな、カタカナや　かんじで　どう　かきますか。
1・2・3・4から　いちばん　いいものを　ひとつ　えらんで　ください。

① 妹
1　いもうと　　　　　2　いもおど　　　　　3　いもおと　　　　　4　いもふと

② 二人
1　にじん　　　　　2　ににん　　　　　3　ふたり　　　　　4　ふだり

③ いっしょに
1　一堵　　　　　2　一緒　　　　　3　一渚　　　　　4　一諸

④ 家族
1　かぞく　　　　　2　かそく　　　　　3　かじょく　　　　　4　かじょぐ

もんだい2　＿＿＿＿＿の　ぶんと　だいたい　おなじ　いみの　ぶんが　あります。1・2・
3・4から　いちばん　いいものを　ひとつ　えらんで　ください。

① うちは　さんにん　きょうだいです。
1　うちの　こどもは　おじ、わたしと　いもうとです。
2　うちの　こどもは　おばあさん、わたしと　おねえさんです。
3　うちの　こどもは　あに、わたしと　いもうとです。
4　うちの　こどもは　おば、わたしと　おとうとです。

② あの　ひとは　わたしの　おじです。
1　あの　ひとは　ちちの　おじさんです。　　2　あの　ひとは　ちちの　おとうさんです。
3　あの　ひとは　ちちの　おじいさんです。　4　あの　ひとは　ちちの　おにいさんです。

③ あの　おとこの　こは　わたしの　おとうとです。
1　わたしは　あの　おとこの　この　ははです。
2　わたしは　あの　おとこの　この　いもうとです。
3　わたしは　あの　おとこの　この　あねです。
4　わたしは　あの　おとこの　この　あにです。

もんだい1　（　　　）に　何を　入れますか。1・2・3・4から　いちばん　いいもの
を　一つ　えらんで　ください。

① A「中山さんは（　　　）　ですか。」
　　B「20歳です。」

　　1　何　　　　　　2　何歳　　　　　　3　どなた　　　　　4　先生

② A「あの　人は（　　　）　ですか。」
　　B「金さんです。」

　　1　何　　　　　　2　わたし　　　　　3　あなた　　　　　4　だれ

③ A「彼は　いくつ　ですか。」
　　B「（　　　）です。」

　　1　2,000円　　　　2　18歳　　　　　3　20個　　　　　　4　三人

④ お父さんの　会社は（　　　）ですか。
　　1　だれ　　　　　2　どなた　　　　　3　どちら　　　　　4　どの

⑤ A「それは　何の　会社ですか。」
　　B「（　　　）です。」

　　1　田中さんの　会社　2　車売り場　3　イタリアの　車　4　車の　会社

もんだい2　請依照中文的意思，把（　　　）內的日文重新排序，再把號碼填進方格內。

① 您父親幾歲？
　　（①お　②です　③お父さん　④か　⑤は　⑥いくつ）。
　　□ ▶ □ ▶ □ ▶ □ ▶ □ ▶ □ ▶ □

② ABC 是相機公司嗎？
　　（①会社　②です　③の　④カメラ　⑤ＡＢＣ　⑥は　⑦か）。
　　□ ▶ □ ▶ □ ▶ □ ▶ □ ▶ □ ▶ □

5 購物時刻一定會用到的日語

いくらですか。

看圖記單字
絵を見て覚えよう

▶ **T 5.1** 聽聽看！再大聲唸出來

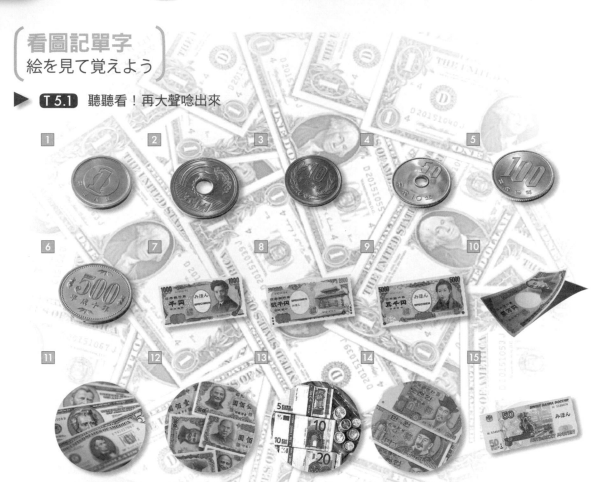

1. 1円／一日圓 （いちえん）	6. 500円／五百日圓 （ごひゃくえん）	11. アメリカドル／美金
2. 5円／五日圓 （ごえん）	7. 1000円／一千日圓 （せんえん）	12. 台湾ドル／台幣 （たいわん）
3. 10円／十日圓 （じゅうえん）	8. 2000円／二千日圓 （にせんえん）	13. ユーロ／歐元
4. 50円／五十日圓 （ごじゅうえん）	9. 5000円／五千日圓 （ごせんえん）	14. ウォン／韓幣
5. 100円／一百日圓 （ひゃくえん）	10. 10000円／一萬日圓 （いちまんえん）	15. ルーブル／盧布（俄幣）

小知識 你知道人民幣的日語怎麼說嗎？答案是「人民幣（じんみんへい）」。

文法重點提要

□ ここ／そこ／あそこ／どこ
□ こちら／そちら／あちら／どちら
□ いくら／［数字］円
□ ［数量］で［数量］

□ をください
□ ［名詞］は［場所指示詞］です
　　［場所指示詞］は［名詞］です

靈活應用
応用編

▶ **T 5.2** 怎麼用日語買東西呢？跟同伴練習下面的對話吧！

A：そちらは、日本の　りんごですか。

　　請問那邊的是日本蘋果嗎？

B：いいえ、違います。

　　不，不是的。

A：では、どこの　りんごですか。

　　那麼，是哪裡的蘋果呢？

B：アメリカのです。

　　美國的。

A：いくらですか。

　　多少錢？

B：200円です。3個で　500円です。

　　200 日圓。三顆算 500 日圓。

A：これを　6個ください。

　　這種的請給我六顆。

B：お会計は　あちらです。

　　請到那一頭結帳。

それは、日本の　リンゴですか。

いくらですか。

200円です。

51

文法重點說明

1 そちらは、日本(にほん)の　リンゴですか。（請問那邊的是日本蘋果嗎？）

「こちら / そちら / あちら / どちら」這一組是方向指示代名詞。「こちら」（這邊）指離說話者近的方向。「そちら」（那邊）指離聽話者近的方向。「あちら」（那邊）指離說話者和聽話者都遠的方向。「どちら」（哪邊）表示方向的不確定和疑問。這一組也可以用來指人，「こちら」就是「這位」，下面以此類推。也可以說成「こっち、そっち、あっち、どっち」，只是前面一組說法比較有禮貌。

そちらは　2000円(にせんえん)です。（那邊是 2000 日圓。）
お手洗(てあら)いは　あちらです。（洗手間在那邊。）

2 では、どこの　リンゴですか。（那麼，是哪裡的蘋果呢？）

接續詞「では」（那麼），表示承認前面所說的事物，根據前面已確定的事實，進行詢問或判斷。「ここ / そこ / あそこ / どこ」這一組是場所指示代名詞。「ここ」（這裡）指離說話者近的場所。「そこ」（那裡）指離聽話者近的場所。「あそこ」（那裡）指離說話者和聽話者都遠的場所。「どこ」（哪裡）表示場所的疑問和不確定。用法跟「これ / それ / あれ / どれ」大致相同。

ここは　銀行(ぎんこう)ですか。（這裡是銀行嗎？）
花子(はなこ)さんは　どこですか。（花子小姐在哪裡呢？）

3 いくらですか。（多少錢？）

「いくら」（多少）表示不明確的數量、程度、價格、工資、時間、距離等。是詢問價錢或數量時用的詞。日本貨幣「円」（日圓）。紙鈔有「一萬円、五千円、二千円、一千円」。硬幣有「一円、五円、十円、五十円、一百円、五百円」。

この　本(ほん)は　いくらですか。（這本書多少錢？）
日本(にほん)の　カメラは　いくらですか。（日本的照相機多少錢呢？）

4 三個(さんこ)で　500円(ごひゃくえん)です。（三顆算500日圓。）

「[數量] で [數量]」表示數量、金額的總和。可譯作「共…」。

それは　2(ふた)つで　5万円(ごまんえん)です。（那個是兩個 5 萬日圓。）
たまごは　6個(ろっこ)で　300円(さんびゃくえん)です。（雞蛋 6 個 300 日圓。）

5 これを　6個ください。（這種的請給我六顆。）

「[名詞]を　ください」表示想要什麼的時候，跟某人要求某事物。可譯作「我要…」、「給我…」。想要的數量接在「を」跟「ください」中間。

その　ジュースを　一杯　ください。（我要那種果汁。）

フランスの　ワインを　ください。（請給我法國葡萄酒。）

6 お会計は　あちらです。（請到那一頭結帳。）

「お会計」的「お」表示對對方的尊敬。「[名詞] は [場所指示詞] です」／[場所指示詞] は [名詞] です」都是某事物或某人在某處的句型。例如：

ここは　公園です。（這裡是公園。）

花屋は　あそこです。（花店在那裡。）

田中さんは　そこです。（田中先生在那裡。）

數字、價錢
数字と値段

▶ [T 5.3] A 聽聽看！再大聲唸出來

100 ひゃく

200 にひゃく

300 さんびゃく

400 よんひゃく

500 ごひゃく

600 ろっぴゃく

700 ななひゃく

800 はっぴゃく

900 きゅうひゃく

1000 せん

2000	にせん
3000	さんぜん
4000	よんせん
5000	ごせん
6000	ろくせん
7000	ななせん
8000	はっせん
9000	きゅうせん
10000	いちまん

▶ B 上面的數字後面加上「円」，就是「～日圓」囉，自己寫假名練習看看！

1,000日圓	

3,000日圓	

▶ [T 5.4] C 聽聽MP3，下面這些東西是多少錢呢？把你聽到的打勾。

1 ピザ
1,000 円 □
2,000 円 □

2 カメラ
10,000円□
20,000円□

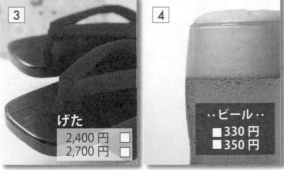

3 げた
2,400 円 □
2,700 円 □

4 ‥ビール‥
■330 円
■350 円

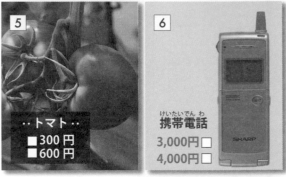

5 ‥トマト‥
■300 円
■600 円

6 携帯電話（けいたいでん わ）
3,000円□
4,000円□

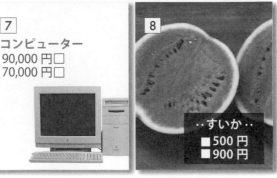

7 コンピューター
90,000 円□
70,000 円□

8 ‥すいか‥
■500 円
■900 円

▶▶ 答案詳見P146

▶ **T 5.5** **D** 以前頁右側的圖為話題，參考下面的對話，跟同伴練習。

A：すみません、この　ピザは
　　いくらですか。

　　請問，這個披薩多少錢？

B：2,000 円です。

　　2000 日圓。

A：じゃあ、それを　ください。
　　それから、ビールも　ください
　　い。

　　那麼，給我那個。然後再給我
　　啤酒。

B：はい、３５０ 円です。

　　好的，350 日圓。

單字補給站
ピザ／披薩
カメラ／照相機
げた／木屐
ビール／啤酒
トマト／蕃茄
携帯電話／手機
コンピューター／電腦
すいか／西瓜

聽力練習
聞き取り練習

▶ **T 5.6** 這些產品是哪個地方產的呢？請聽MP3，把正確的國家填上去。

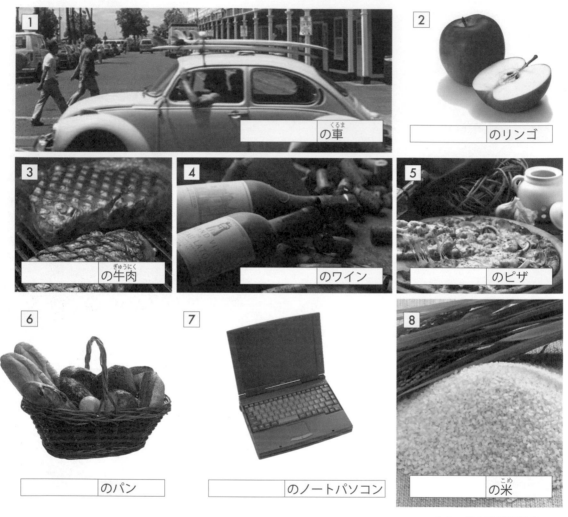

1 ＿＿＿＿＿の車（くるま）

2 ＿＿＿＿＿のリンゴ

3 ＿＿＿＿＿の牛肉（ぎゅうにく）

4 ＿＿＿＿＿のワイン

5 ＿＿＿＿＿のピザ

6 ＿＿＿＿＿のパン

7 ＿＿＿＿＿のノートパソコン

8 ＿＿＿＿＿の米（こめ）

▶▶ 答案及翻譯詳見P146

▶ 看上面的圖，參考下面的對話，跟同伴練習。

A： それは、**アメリカ**の　車（くるま）ですか。
那是美國的車嗎？

B： いいえ、違（ちが）います。
不，不是的。

A： じゃ、どこの　車（くるま）ですか。
那麼，是哪裡的車子呢？

B： ドイツのです。
德國的。

それは、アメリカの　車（くるま）ですか。

對話練習
話してみよう

▶ **T 5.7** 這裡是哪裡呢？請參考圖 1 的對話，以 2 到 4 圖為話題完成對話。

1

- 公園（こうえん）／公園
- 犬（いぬ）／狗
- あちら／那裡

A：ここは　どこですか。
　　 這裡是哪裡呢？

B：ここは　公園（こうえん）です。
　　 這裡是公園。

A：犬（いぬ）は　どこですか。
　　 狗在哪裡呢？

B：あちらです。
　　 在那裡。

2

- 駅（えき）／車站
- 入（い）り口（ぐち）／入口
- そちら／那裡

3

- デパート／百貨公司
- トイレ／廁所
- こちら／這裡

4

- 教室（きょうしつ）／教室
- 田中（たなか）さん／田中同學
- あちら／那裡

▶▶ 答案及翻譯詳見P147

造句練習
書いてみよう

▶ 請將括號裡的日文重組成完整的句子。

▶▶ 答案及翻譯詳見P148

1. 這是哪裡的苦瓜呢？

A：これは ＿＿＿＿＿＿＿＿＿＿＿＿＿＿＿＿

＿＿＿＿＿＿＿＿＿＿＿。

（か 九州 です ニガウリ の）

（きゅうしゅう）

B：いいえ、＿＿＿＿＿＿＿＿＿＿＿＿＿＿。

（の です 沖縄）

（おきなわ）

A：＿＿＿＿＿＿＿＿＿＿＿＿＿＿＿＿。

（か いくら です）

B：＿＿＿＿＿＿＿＿ です。

（円 100）

（えん ひゃく）

これは　九州の　ニガウリですか。
（きゅうしゅう）

2. 這些花要多少錢呢？

A：すみません、＿＿＿＿＿＿＿＿＿

＿＿＿＿＿＿＿＿＿ ですか。

（花 は いくら この）

（はな）

B：２５０円です。

（にひゃくごじゅう えん）

A：＿＿＿＿＿＿＿＿＿＿＿＿＿

＿＿＿＿＿＿＿＿＿ ですか。

（の どこ 花 は これ）

（はな）

B：＿＿＿＿＿＿＿＿＿＿＿＿＿＿。

（です オランダ の）

A：＿＿＿＿＿＿＿＿＿＿＿＿＿。

（を これ ください）

▶ 請閱讀以下短文，試著回答下列問題。

閱讀

　　この　豆腐は　1丁　100円です。あちらの　スーパーは、1丁　80円でした。こちらは　20円高いです。でも、ここは　豆腐専門店です。おいしいです。今日の　晩ご飯は　これです。明日は　スーパーの　特売の　日です。だから　明日の　晩ご飯は　スーパーの　豆腐です。

1　この　豆腐は　いくらですか。
　　❶100円です。　　❷80円です。　　❸20円です。　　❹120円です。

2　この　豆腐は　（　　）です。
　　❶スーパーの　　❷専門店の　　　❸特売　　❹明日の　晩ご飯

翻譯　　　解答

　　這種豆腐一塊100日圓，那家超市則是一塊80日圓，這裡貴了20日圓。但這裡是豆腐專賣店，比較好吃，今天的晚餐吃這個。明天是超市的特賣日，所以明天的晚餐吃超市的豆腐。

1　這種豆腐要多少錢呢？
　　❶ 要100日圓。　　❷ 要80日圓。　　❸ 要20日圓。　　❹ 要120日圓。

2　這塊豆腐是（　　）。
　　❶ 超市的　　　❷ 專賣店的　　❸ 特賣　　❹ 明天的晚餐

答案：1・1　2・2

Lesson 05
N5單字總整理！

剛上完一課，快來進行單字總復習！
在日檢考試前，幫您做好萬全準備！

～階
かい
（〈樓房的〉～樓，層）

～回
かい
（～回，次數）

～歳（～歳）
さい

～個（～個）
こ

～杯（～杯）
はい

～冊
さつ
（～本，～冊）

～台
だい
（～台，～輛，～架）

～人（～人）
にん

～番
ばん
（〈表示順序〉第～，～號）

～匹
ひき
（〈鳥，蟲，魚，獸〉～匹，
～頭，～條，～隻）

ページ【page】
（～頁）

～本
ほん
（〈計算細長的物品〉～
支，～棵，～瓶，～條）

～枚
まい
（〈計算平薄的東西〉～
張，～片，～幅，～扇）

接頭、接尾詞及其他

- 御～／御～
  （放在字首，表示尊敬語及美化語）
- ～時
  （～點，～時）
- ～半
  （～半，一半）
- ～分
  （〈時間〉～分；〈角度〉分）
- ～日
  （號，日，天〈計算日數〉）
- ～中
  （整個，全）
- ～中
  （～期間，正在～當）
- ～月
  （～月）
- ～ヶ月
  （～個月）
- ～年
  （年〈也用於計算年數〉）
- ～頃／～頃
  （〈表示時間〉左右，時候；正好的時候）
- ～過ぎ
  （超過～，過了～，過渡）
- ～側
  （～邊，～側；～方面，立場；周圍，旁邊）

模擬考題

一、文字、語彙問題

もんだい1＿＿の　ことばは　ひらがな、カタカナや　かんじで　どう　かきますか。
1・2・3・4から　いちばん　いいものを　ひとつ　えらんで　ください。

① あねは　二十歳です。
　　1　はちた　　　　　2　はつか　　　　　3　はたち　　　　　4　はつさい

② ネクタイは　三本です。
　　1　さんぼん　　　　2　ざんぽん　　　　3　さっぽん　　　　4　さんぽん

③ やすみは　三回です。
　　1　さんじかん　　　2　さんばん　　　　3　さんかい　　　　4　さんさつ

④ いぬは　4匹です。
　　1　よんまい　　　　2　よんほん　　　　3　よんひき　　　　4　よんだい

⑤ ほんは　5冊です。
　　1　ごひき　　　　　2　ごまい　　　　　3　ごほん　　　　　4　ごさつ

⑥ 6ぺいじからです。
　　1　ろくペーヅ　　　2　ろくペーツ　　　3　ろくページ　　　4　ろくペーミ

もんだい2　＿＿＿＿＿の　ぶんと　だいたい　おなじ　いみの　ぶんが　あります。1・2・3・4から　いちばん　いいものを　ひとつ　えらんで　ください。

① りんご　ふたつと　みかん　みっつです。
　　1　くだものが　ぜんぶで　よっつです。
　　2　くだものが　ぜんぶで　いつつです。
　　3　くだものが　ぜんぶで　むっつです。
　　4　くだものが　ぜんぶで　ななつです。

② ここは　やさいの　みせです。
　　1　ここは　きっさてんです。　　　　2　ここは　ぎんこうです。
　　3　ここは　やおやです。　　　　　　4　ここは　ゆうびんきょくです。

二、文法問題

もんだい1 （　　）に 何を 入れますか。1・2・3・4から いちばん いいもの を 一つ えらんで ください。

(1) りんごは いつつ（　　） 300 円です。
1 と　　　　2 の　　　　3 か　　　　4 で

(2) これは 台湾（　　） バナナですか。
1 と　　　　2 の　　　　3 か　　　　4 も

(3) A「それは （　　） の 紅茶ですか。」
B「イギリスの 紅茶です。」

1 どこ　　　2 何　　　3 どれ　　　　4 どなた

(4) コーヒーを 1（　　） ください。
1 はい　　　2 ばい　　　3 ぱい　　　　4 ぼい

(5) A「その かばんは（　　） ですか。」
B「5,500 円です。」

1 どちら　　　2 何　　　3 いくら　　　　4 どこ

(6) 受付は （　　）ですか。
1 どの　　　2 どちら　　　3 いくつ　　　　4 何

もんだい2 請依照中文的意思，把（　　）内的日文重新排序，再把號碼填進方格內。

(1) 這是哪國產的照相機呢？
（①どこ ②これ ③です ④の ⑤か ⑥は ⑦カメラ）。

☐ ▸ ☐ ▸ ☐ ▸ ☐ ▸ ☐ ▸ ☐ ▸ ☐

(2) 雜誌三本 1,500 元。
（①冊 ②3 ③で ④です ⑤1,500 円 ⑥は ⑦雜誌）。

☐ ▸ ☐ ▸ ☐ ▸ ☐ ▸ ☐ ▸ ☐

6 度過七彩繽紛的一天

すみませんが、そちらは　何時から　何時までですか。

看圖記單字
絵を見て覚えよう

▶ **T6.1** 聽聽看！再大聲唸出來

- 1時／一點
- 2時／兩點
- 3時／三點
- 4時／四點
- 5時／五點
- 6時／六點
- 7時／七點
- 8時／八點
- 9時／九點
- 10時／十點
- 11時／十一點
- 12時／十二點
- 何時／幾點
- 1分／一分
- 2分／兩分
- 3分／三分
- 4分／四分
- 5分／五分
- 6分／六分
- 7分・7分／七分
- 8分／八分
- 9分／九分
- 10分・10分／十分
- 何分／幾分
- 日曜日／星期日
- 月曜日／星期一
- 火曜日／星期二
- 水曜日／星期三
- 木曜日／星期四
- 金曜日／星期五
- 土曜日／星期六
- 何曜日／星期幾

聽力練習
聞き取り練習

▶ **T6.2** **A** 來熟悉一星期的日語說法吧！聽聽MP3，把這些單字依序填到下面的方格中。

木曜日	水曜日	月曜日	火曜日	金曜日

日	一	二	三	四	五	六
日曜日						土曜日

▶▶ 答案詳見P148

文法重點提要

□ [文章] が、[文章]（前置詞）
□ [時間] から [時間] まで
□ [数字] 時 [数字] 分です
□ [数字] すぎ／まえ
□ [動詞] ます／ません／ました／ませんでした

□ [時間] に [動詞]／[曜日]（に）[動詞]／[昨日…] [動詞]
□ [離開点] を
□ [数字] ごろ
□ [目的語] を

靈活應用
応用編

▶ T 6.3　想要去圖書館，卻又不知道開放時間，這該怎麼辦？聽聽看高橋先生怎麼向館員詢問，您也試著舉一反三，跟同伴練習說說看吧！

B：はい、上野（うえの）図書館（としょかん）です。

上野圖書館，您好。

A：もしもし、すみませんが、そちらは　何時（なんじ）から　何時（なんじ）までですか。

喂？不好意思，請問貴館從幾點開到幾點？

B：9時（くじ）から　7時（しちじ）までです。本（ほん）の　貸（か）し出（だ）しは　7時（しちじ）　10分前（じゅっぷんまえ）までです。

9點開館到7點閉館。圖書借閱於閉館前10分鐘停止受理。

A：昨日（きのう）　そちらに　行（い）きました。家（いえ）を　6時過（ろくじす）ぎに　出（で）ました。6時半（ろくじはん）ごろ　着（つ）きました。でも……

我昨天去了貴館。我是6點多從家裡出發的，大約6點半左右抵達，可是……

B：ああ、月曜日（げつようび）は　休（やす）みです。

喔，星期一休館不開放。

A：そうでしたか。今（いま）、5時（ごじ）　45分（よんじゅうごふん）ですね。では、今（いま）から　また　行（い）きます。本（ほん）を　借（か）ります。

原來如此。現在是5點45分吧？那麼，我現在再去一趟，我要借書。

文法重點說明

1 もしもし、すみませんが……（喂？不好意思……）

「［文章］が、［文章］」中的「が」是前置詞，用在詢問、請求或命令對方之前，的一種的開場白。

失礼ですが、鈴木さんでしょうか。（不好意思，請問是鈴木先生嗎？）

すみませんが、少し　静かに　して　ください。

（不好意思，請稍微安靜一點。）

2 9時から　7時までです。（9點開館到7點閉館。）

「［時間］から［時間］まで」。表示時間的起點和終點，也就是時間的範圍。「から」前面是開始的時間，「まで」前面是結束的時間。可譯作「從…到…」。

父は　9時から　6時まで　働きます。（父親從九點工作到六點。）

夏休みは　7月から　9月までです。（暑假是從七月開始到九月為止。）

3 本の　貸し出しは　7時　10分　前までです。（圖書借閱於閉館前10分鐘停止受理。）

「［数字］時［数字］分」表示幾點幾分。例如：

午前の　10時です。（上午10點。）

日曜日の　3時15分です。（星期日的3點15分。）

「［数字］すぎ／まえ」中的接尾詞「すぎ」，接在時間名詞後面，表示比那時間稍後。可譯作「過…」、「…多」。接尾詞「まえ」接在表示時間名詞後面 表示比那時間稍前。可譯作「差…」、「…前」。

今　9時　5分過ぎです。（現在是9點過5分。）

今　8時　2分前です。（現在還有2分鐘就8點了。）

昨日（きのう）　そちらに　行（い）きました。（我昨天去了貴館。）

表示人或事物的存在、動作、行為和作用的詞叫動詞。日語動詞可以分為三大類，有：

分類	ます形		辭書形	中文
一段動詞	上一段動詞	おきます	おきる	起來
		すぎます	すぎる	超過
		おちます	おちる	掉下
		います	いる	在
	下一段動詞	たべます	たべる	吃
		うけます	うける	受到
		おしえます	おしえる	教授
		ねます	ねる	睡覺
五段動詞	かいます		かう	購買
	かきます		かく	書寫
	はなします		はなす	說
	およぎます		およぐ	游泳
	よみます		よむ	閱讀
	あそびます		あそぶ	玩耍
	まちます		まつ	等待
不規則動詞	サ變動詞	します	する	做
	カ變動詞	きます	くる	來

動詞「基本形／否定形／過去形／過去否定形」的活用如下：

	基本形	否定形
現在／未來	ます	ません
過去	ました	ませんでした

学生（がくせい）は　机（つくえ）を　並（なら）べます。（學生排桌子。）
今日（きょう）は　お風呂（ふろ）に　入（はい）りません。（今天不洗澡。）

昨日 図書館へ 行きました。（昨天去了圖書館。）

昨日、働きませんでした。（昨天沒去工作。）

3 家を 6時過ぎに 出ました。（我是6點多從家裡出發的。）

「[時間] に [動詞]」幾點啦！星期幾啦！幾月幾號做什麼事啦！表示動作、作用的時間就用助詞「に」。可譯作「在…」。動詞「出ました」是「出ます」（出來）的過去式。

私は 毎晩 12時に 寝ます。（我每天都在12點睡覺。）

母は 日曜日 （に） 掃除しました。（媽媽在星期日打掃了。）

「[離開点] を」。動作離開的場所用也用助詞「を」。例如，從家裡出來或從車、船、馬及飛機等交通工具下來。

7時に 家を 出ます。（七點出門。）

バスを 降ります。（走下公車。）

4 6時半ごろ 着きました。（大約6點半左右抵達。）

「[數字] ごろ」中的接尾詞「ごろ」表示大概的時間點。一般只接在年月日，和鐘點的詞後面。可譯作「左右」、「大約」。

8時ごろ 出ます。（八點左右出去。）

私は 10月ごろ 帰ります。（大約10月左右回去。）

但是，表示時間的量，就不能用「ごろ」，要用「ぐらい／くらい」。例如：

今日 8時間ごろ 働きました。→X （今天大約工作了8小時。）

今日 8時間ぐらい 働きました。→〇 （今天大約工作了8小時。）

5 本を 借ります。（我要借書。）

「[目的語] を」。助詞「を」用在他動詞（人為而施加變化的動詞）的前面，表示動作的目的或對象。「を」前面的名詞，是動作所涉及的某一對象。

私は 顔を 洗いません。（我沒洗臉。）

今朝は パンを 食べませんでした。（今天早上沒有吃麵包。）

► **T 6.4**　**B** 參考下面的對話，跟同伴做練習。

A： 今日は　何曜日ですか。
今天是星期幾？

B： 木曜日です。
星期四。

A： では、あしたは　金曜日ですね。
那麼，明天是星期五囉！

B： はい、そうです。
是的。

► **T 6.5**　**C** 聽聽MP3，把聽到的時間寫在空格上。

1. 今は　２時です。

2. 今は　２時30分です。

3. 今は　２時　４５分です。

4. 今は　３時　１５分です。

5. 今は ＿＿＿＿＿＿＿＿＿＿＿ です。

6. 今は ＿＿＿＿＿＿＿＿＿＿＿ です。

7. 今は ＿＿＿＿＿＿＿＿＿＿＿ です。

8. 今は ＿＿＿＿＿＿＿＿＿＿＿ です。　►► 答案及翻譯詳見P148

► **T 6.6**　**D** 以「時間」為話題，參考下面的對話，跟同伴一起練習。

A： すみません。今　何時ですか。
請問，現在幾點？

B： ２時です。
2點。

A： ありがとう　ございます。
謝謝您。

充實的一天
充実した一日

▶ **T 6.7** 中山小姐一天的生活可是充實又忙碌的，請聽MP3，完成下面的空格。

1. 中山さんは 毎朝___に 起きます。
2. ___に 朝ご飯を 食べます。
3. ___に 家を 出ます。
4. 会社は ___から ___までです。
5. ___過ぎに 昼ご飯を 食べます。
6. ___から 運動します。

7. お風呂は ___頃に 入ります。
8. ___から ___まで テレビを 見ます。
9. 夜、___頃に 寝ます。
10. おとといは、___に 寝ました。
11. ゆうべは_____。

▶▶ 答案及翻譯詳見P148

▶ 試著跟同伴說自己一天的生活，然後換對方說自己。

___に朝ご飯を食べます。

___に家を出ます。

お風呂は___頃に入ります。

時は金なり。
とき かね

時間就是金錢。

（對話練習）話してみよう

時間是生活中很重要的一部份喔！掌握好時間，無論是對今日行程，或是未來人生計劃，都很有幫助呢！現在，就讓我們來看看，如何將「時間」相關的說法運用在生活中吧！

▶ **T 6.8** 渡邊先生凡事講求事前的準備，去哪裡總是要先打個電話確認，先看一下關鍵字，再仔細聽聽對話應用。

對話 Keyword

● 上野図書館
うえ の と しょかん

● 9時から4時まで
く じ よ じ

● 日曜日
にちようび

● 5時
ご じ

● 月曜日
げつようび

A： はい、上野図書館です。
うえ の と しょかん

您好，這裡是上野圖書館。

B： すみませんが、そちらは 何時から 何時までですか。
なんじ なんじ

請問，你們是幾點開到幾點？

A： 9時から 4時までです。
く じ よ じ

9 點到 4 點。

B： 日曜日は 何時までですか。
にちようび なんじ

星期日到幾點？

A： 5時です。
ご じ

5 點。

B： 休みは 何曜日ですか。
やす なんようび

星期幾休息？

A： 月曜日です。
げつよう び

星期一。

B： どうも。

謝謝！

そちらは 何時から 何時までですか。
なんじ なんじ

71

▶ 換您打電話詢問任何想去的地方！請參考關鍵字，跟朋友完成對話，並把對話記錄在下方的筆記欄上！

1. 對話 Keyword

- 花美容院
  <small>はな び よういん</small>
- 10 時から 8 時まで
  <small>じゅう じ　　はち じ</small>
- 土曜日
  <small>ど よう び</small>
- 8 時
  <small>はち じ</small>
- 水曜日
  <small>すいよう び</small>

Note

2. 對話 Keyword

- 一郎レストラン
  <small>いちろう</small>
- 11 時から 12 時まで
  <small>じゅういち じ　　じゅうに じ</small>
- 金曜日
  <small>きんよう び</small>
- 10 時
  <small>じゅう じ</small>
- 木曜日
  <small>もくよう び</small>

Note

▶▶ 參考答案及翻譯詳見P148

▶ 請閱讀以下短文，試著回答下列問題。

閲讀

今日は　土曜日です。だから、お昼過ぎまで　寝ました。午後　1時に　朝ごはんを食べました。夜は　デートです。今から　5時まで　準備します。6時前に　家を　出ます。待ち合わせは　7時です。明日は　日曜日です。だから、今夜は　帰りません。

1 今日は　どの　ご飯を　食べましたか。
❶朝ご飯　❷昼ご飯　❸朝ご飯と　昼ご飯　❹朝ご飯と　昼ご飯と　夕ご飯

2 デートは　何時からですか。
❶今から　　　❷5時から　　❸6時から　　❹7時から

翻譯　　解答

今天是星期六，所以我睡到日上三竿，下午一點才吃了早飯。晚上要約會，從現在開始打扮到五點，六點前要出發，約定七點碰面。明天是星期天，所以今天晚上不回家。

1 今天吃了哪幾餐呢?
❶早餐　　　❷中餐　　　❸早餐跟中餐　　　❹早餐跟中餐跟晚餐

2 幾點開始約會呢？
❶現在開始　❷5點開始　❸6點開始　　　❹7點開始

答案：2、1、1、4

Lesson 06
N5單字總整理！

剛上完一課，快來進行單字總復習！
在日檢考試前，幫您做好萬全準備！

數字

- 1つ（〈數〉一；一個；一歲）
- 2つ（〈數〉二；兩個；兩歲）
- 3つ（〈數〉三；三個；三歲）
- 4つ（〈數〉四；四個；四歲）
- 5つ（〈數〉五；五個；五歲）
- 6つ（〈數〉六；六個；六歲）
- 7つ（〈數〉七；七個；七歲）
- 8つ（〈數〉八；八個；八歲）
- 9つ（〈數〉九；九個；九歲）
- 10（〈數〉十；十個；十歲）
- 幾つ（〈不確定的個數，年齡〉幾個，多少；幾歲）
- 20歳（二十歲）

星期

- 日曜日（星期日）
- 月曜日（星期一）
- 火曜日（星期二）
- 水曜日（星期三）
- 木曜日（星期四）
- 金曜日（星期五）
- 土曜日（星期六）
- 先週（上個星期，上週）
- 今週（本週）
- 来週（下星期）
- 毎週（每個星期）
- ～週間（～週，～星期）
- 誕生日（生日）

居住

- 飛ぶ（飛行，飛翔）
- 歩く（走路，步行）
- 入れる（放入，裝進）
- 出す（拿出；寄）
- 行く／行く（去；走）
- 来る（來，到來）
- 売る（賣，販賣；出賣）
- 買う（購買）
- 押す（推；按）
- 引く（拉；翻查）
- 降りる（下來，降落）
- 乗る（騎乘，坐）
- 貸す（借出，借給；出租；提供）
- 借りる（借〈進來〉；借）
- 座る（坐，跪座）
- 立つ（站立；冒，升）
- 食べる（吃，喝）
- 飲む（喝，吞，吃〈藥〉）
- 出掛ける（出去，出門）
- 帰る（回來，回去）
- 出る（出來，出去）
- 入る（進入，裝入）
- 起きる（起來，立起來；起床）
- 寝る（睡覺，就寢）
- 脱ぐ（脫去，脫掉）
- 着る（穿〈衣服〉）
- 休む（休息，歇息）
- 働く（工作，勞動）
- 生まれる（出生；出現）
- 死ぬ（死亡）
- 覚える（記住，記得）
- 忘れる（忘記，忘掉）
- 教える（指導，教導）
- 習う（學習，練習）
- 読む（閱讀，看）
- 書く（寫，書寫）
- 分かる（知道，明白）
- 困る（感到傷腦筋，困擾）
- 聞く（聽；聽說）
- 話す（說，講）

● 一昨日（前天）
● 昨日（昨天）
● 今日（今天）
● 今（現在，此刻）
● 明日（明天）
● 明後日（後天）
● 毎日（每天）
● 朝（早上，早晨）
● 今朝（今天早上）
● 毎朝（每天早上）
● 昼（中午；白天）
● 午前（上午，午前）
● 午後（下午，午後）
● 夕方（傍晚）
● 晩（晚，晚上）
● 夜（晚上，夜裡）
● ゆうべ（昨天晚上）
● 今晩（今天晚上）
● 毎晩（每天晚上）
● 後（〈時間〉以後；〈地點〉後面）
● 初め（に）（開始，起頭）
● 時間（時間；鐘點）
● 何時（什麼時候）

MEMO

模擬考題

もんだい1＿＿の ことばは ひらがな、カタカナや かんじで どう かきますか。
1・2・3・4から いちばん いいものを ひとつ えらんで ください。

① この しごとは、木曜日の あさまでですよ。
　　1　かようび　　　2　すいようび　　　　3　もくようび　　　　4　きんようび

② 今週の にちようびに かえります。
　　1　こんじゅう　　2　こんしゅう　　　　3　こんしゅ　　　　　4　こんしゆう

③ 言葉を おぼえます。
　　1　ことば　　　　2　ごとぱ　　　　　　3　こどは　　　　　　4　ことは

④ けさ、一時間 はしりました。
　　1　しけん　　　　2　しげん　　　　　　3　じかん　　　　　　4　じっかん

⑤ にちようびは あさから 夕方まで はたらきました。
　　1　ゆうかた　　　2　ゆがた　　　　　　3　ゆうがた　　　　　4　ゆっかだ

もんだい2 ＿＿＿＿の ぶんと だいたい おなじ いみの ぶんが あります。1・2・3・4から いちばん いいものを ひとつ えらんで ください。

① おととい ともだちの いえに いきました。
　　1　ふつかまえに ともだちの いえに いきました。
　　2　みっかまえに ともだちの いえに いきました。
　　3　いっかげつまえに ともだちの いえに いきました。
　　4　にねんまえに ともだちの いえに いきました。

② ゆうべ えいがを みました。
　　1　きのうの あさ えいがを みました。
　　2　おとといの ばん えいがを みました。
　　3　きょうの ゆうがた えいがを みました。
　　4　きのうの ばん えいがを みました。

二、文法問題

もんだい1　（　　　）に　何を　入れますか。1・2・3・4から　いちばん　いいもの
を　一つ　えらんで　ください。

① でんしゃ（　　　）　おります。
　1　を　　　　　2　が　　　　3　の　　　　4　は

② あした　10じ（　　　）　会いましょう。
　1　へ　　　　　2　を　　　　3　に　　　　4　ふん

③ わたしは　まいあさ　コーヒー（　　　）　のみます。
　1　に　　　　　2　へ　　　　3　と　　　　4　を

④ ぎんこうは　9じから　3じ（　　　）です。
　1　に　　　　　2　まで　　　3　で　　　　4　が

⑤ わたしは　2じかん（　　　）　ぎんこうを　でました。
　1　まえ　　　　2　あと　　　3　で　　　　4　を

⑥ あのう、すみません（　　　）、　洋服売り場は　何階ですか。
　1　は　　　　　2　で　　　　3　が　　　　4　を

もんだい2　請依照中文的意思，把（　　）内的日文重新排序，再把號碼填進方格內。

① 上班從9點到5點。

（①から　②5時　③9時　④まで　⑤会社　⑥は　⑦です）。

② 今天早上6點左右起床。

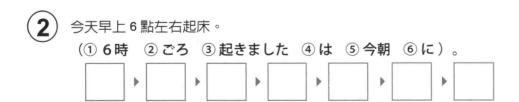
（①6時　②ごろ　③起きました　④は　⑤今朝　⑥に）。

77

7 夏天就是要去海邊的季節

節分は　いつですか。

看圖記單字
絵を見て覚えよう

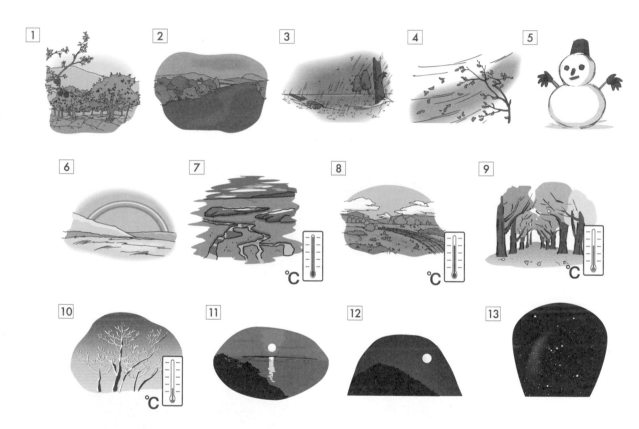

1　2　3　4　5

6　7　8　9

10　11　12　13

▶ **T 7.1**　聽聽看！再大聲唸出來

練習しよう

1 晴れ／晴天
2 曇り／陰天
3 雨／雨
4 風／風
5 雪／雪

6 虹／彩虹
7 暑い／炎熱
8 暖かい／暖和
9 涼しい／涼快

10 寒い／寒冷
11 太陽／太陽
12 月／月亮
13 星／星星

文法重點提要

□ いつ
□ にも／からも／でも（では）
□ ［普通形］でしょう
□ どこも
□ ［形容詞］です
□ 中（じゅう）／（ちゅう）
□ ［場所］から［場所］まで
□ ［名詞］はどうですか
□ ［名詞］が（主語）
□ ［名詞］は［動詞］が／［名詞］は［動詞］

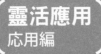

（靈活應用
応用編）
夏天除了去海邊玩，別忘了日本還有特別節日或祭典喔！
譬如，「節分」原本指每個季節開始的前一天，現在特別是指立春的前一日。
由於民間傳統認為換季時會產生邪氣，所以日本各地在「節分」這天，會有撒
豆以驅除疾病、災害的活動。現在，就讓我們用日語聊聊日本的節日吧！

▶ **T 7.2** 跟同伴好好練習下面的對話吧！

A：もうすぐ 節分ですね。

再過不久就是「節分」（立春的前一天）
囉。

B：節分は いつですか。

「節分」是什麼時候呢？

A：2月3日です。

2月3日。

B：後藤先生の 家では 豆まきを し
ますか。

後藤老師家會撒豆子嗎？

A：家では しません。でも、子供は
幼稚園で するでしょう。

家裡不會。不過，幼稚園會安排小孩子撒
吧。

B：幼稚園は どこも 豆まきを しま
すか。

每一家幼稚園都會撒豆子嗎？

A：だいたい します。

多數都會。

B：今日は 寒いですね。2月中 ずっ
と 寒いですか。

今天真冷呀。2月份都會這麼冷嗎？

A：はい。雪も 山の 上から 町の
中まで よく 降ります。

對。而且從山上到整個城鎮，甚至會經常
下雪。

B：3月は どうですか。3月でも 雪
が 降りますか。

3月份如何呢？3月同樣會下雪嗎？

A：前半は 降りますが、後半は 降り
ません。

中旬之前會下，中旬以後不會下。

文法重點說明

1 節分は　いつですか。（「節分」是什麼時候呢？）

「いつ」表示不肯定的時間或疑問。可譯作「何時」、「幾時」。

誕生日は　いつですか。（生日是什麼時候呢？）

いつ　ご飯を　食べましたか。（什麼時候吃過飯呢？）

2 後藤先生の　家では　豆まきを　しますか。（後藤老師家會撒豆子嗎？）

格助詞「で、に、から…」後接「は」或「も」變成「では／からも／でも（にも）」，有強調格助詞前面的名詞的作用。「先生」是對老師、醫生、藝術家、律師…等的尊稱。

私からも　話します。（我也會去説的。）

10時には　行きます。（會在十點去的。）

3 子供は　幼稚園で　するでしょう。（幼稚園會安排小孩子撒吧。）

「[普通形]でしょう」。伴隨降調，表示說話者的推測，說話者不是很確定，不像「です」那麼肯定。常跟「たぶん」一起使用。可譯作「也許…」、「可能…」、「大概…吧」。動詞普通形請參考第13章，形容詞普通形請參考第10章。

明日は　忙しいでしょう。（明天很忙吧！）

彼は　たぶん　来るでしょう。（他應該會來吧。）

4 幼稚園は　どこも　豆まきを　しますか。（每一家幼稚園都會撒豆子嗎？）

「どこも」。「も」上接疑問詞「どこ」表示任何地方都進行某動作、都有某種狀態的意思。

お正月は　どこも　にぎやかです。（過年到處都很熱鬧。）

另外，「も」上接疑問詞，下接否定語，表示全面的否定。可譯作「也（不）…」、「都（不）…」。

どこも　行きません。（哪裡都不想去。）

5 今日は　寒いですね。（今天真冷啊！）

「寒い」是形容詞，形容詞是說明客觀事物的性質、狀態或主觀感情、感覺的詞。在第10章有詳細的說明。

この　料理は　辛いです。（這道菜很辣。）

先生は　親切です。（老師人很親切。）

6 2月中　ずっと　寒いですか。（2月份都會這麼冷嗎？）

「中（じゅう）／（ちゅう）」日語中有不能單獨使用，只能跟別的詞接在一起的詞，接在詞前的叫接頭語，接在詞尾的叫接尾語。「中（じゅう）／（ちゅう）」是接尾詞。唸「じゅう」時表示整個時間上的期間一直怎樣，或整個空間上的範圍之內。唸「ちゅう」時表示正在做什麼，或那個期間裡之意。

父は　1日中　働きました。（父親一整天都在工作。）

仕事は　今月中に　終わります。（工作將在這個月內結束。）

7 雪も　山の　上から　町の　中まで　よく　降ります。（而且從山上到整個城鎮，甚至會經常下雪。）

「[場所]から／[場所]まで」。表明空間的起點和終點，也就是距離的範圍。「から」前面的名詞是起點，「まで」前面的名詞是終點。可譯作「從…到…」。

病院から　家まで　1時間です。（從醫院到家裡要一個小時。）

駅から　郵便局まで　歩きました。（從車站走到郵局。）

8 3月は　どうですか。（3月份如何呢？）

「[名詞]はどうですか」。「どう」詢問對方的想法及對方的健康狀況，還有不知道情況是如何或該怎麼做等。可譯作「如何」、「怎麼樣」。

テストは　どうですか。（考試考得怎樣？）

9 3月でも　雪が　降りますか。（3月同樣會下雪嗎？）

「[名詞]が（主語）」。這裡的「が」是描寫句的主語。表示前接的詞是主語，後面是描寫眼睛看得到的、耳朵聽得到的事情。

風が　吹きます。（風在吹。）
猫が　鳴きます。（貓在叫。）

10 前半は　降りますが、後半は　降りません。（中旬之前會下，中旬以後不會下。）

「[名詞]は[動詞]が／[名詞]は[動詞]」。「は」在這裡是用來區別、比較兩個對立的事物。而「が」是逆接的助詞，可譯作「但是…」。

弟は　遊びますが、妹は　遊びません。（弟弟要玩玩，但是妹妹不玩。）

聽力練習ア
聞き取り練習

► A 看看下面的照片，學會四季氣候的形容方法吧！

1. 春／暖かい（春天／暖和）

2. 夏／暑い（夏天／炎熱）

3. 秋／涼しい（秋天／涼爽）

4. 冬／寒い（冬天／寒冷）

► T 7.3 B 根據上面對四季的形容，參考下面的對話，跟您的朋友聊聊吧！

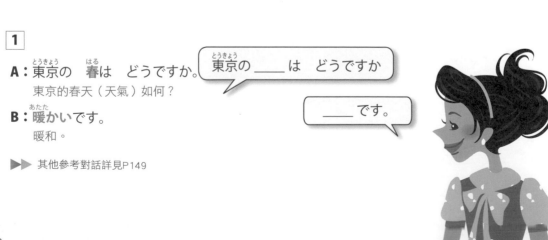

1

A：東京の 春は どうですか。
東京的春天（天氣）如何？

東京の ＿＿ は どうですか

B：暖かいです。
暖和。

＿＿ です。

►► 其他參考對話詳見P149

▶ **T 7.4** C 關於天氣的單字都記住了嗎？請根據以下四組關鍵字，並參考氣預報，練習看看！

① 暖かい（暖活）
晴れ／雨（晴天／雨）

② 涼しい（涼爽）
曇り／風（陰天／風）

③ 寒い（寒冷）
雪／晴れ（雪／晴天）

④ 暑い（炎熱）
雨／星空（雨／滿天星斗）

天気予報／天氣預報

予報士：明日の 天気です。明日は 1日中 暖かいでしょう。午前は
晴れですが、午後は 雨でしょう。

氣象員：這是明天的天氣。明天一整天都是暖和的天氣。早上雖然是晴天，但下午將會下雨。

▶▶ 其他參考對話詳見P149

現在是幾月呢？
今月は何月ですか？

▶ **T 7.5** 聽聽看！再大聲唸出來

練習をしよう

① 1月 いちがつ	⑤ 5月 ご がつ	⑨ 9月 く がつ
② 2月 に がつ	⑥ 6月 ろくがつ	⑩ 10月 じゅう がつ
③ 3月 さんがつ	⑦ 7月 しちがつ	⑪ 11月 じゅういち がつ
④ 4月 し がつ	⑧ 8月 はちがつ	⑫ 12月 じゅうに がつ

七月來了！你放暑假了嗎？

一起去海邊玩吧！

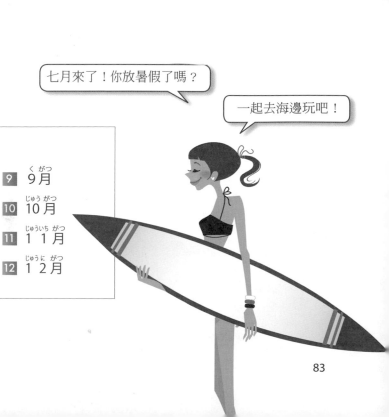

對話練習ア
話してみよう

▶ **T 7.6** 聊氣候，再加入月份說法，讓你的會話更完整！請根據下列四組關鍵字，並參考下面對話，形容一下氣候吧！最後兩句日文請自由發揮囉！

A：東京の 7月は 暑いですか。
東京的 7 月熱嗎？

B：はい、とても 暑いです。
是的，很熱。

A：12月は どうですか。
12 月如何呢？

B：寒いです。
寒冷。

A：東京でも 雪が 降りますか。
東京也會下雪嗎？

B：ときどき 降ります。
有時候會下。

▶▶ 其他參考對話詳見P149

1 **東京／東京**
7月／暑い（7月／炎熱）
12月／寒い（12月／寒冷）

2 **北海道／北海道**
2月／寒い（2月／寒冷）
6月／涼しい（6月／涼爽）

3 **ハワイ／夏威夷**
9月／暑い（9月／炎熱）
12月／暑い（12月／炎熱）
1年中／暑い（全年炎熱）

4 **ニューヨーク／紐約**
8月／暑い（8月／炎熱）
4月／涼しい（4月／涼爽）

> **By the way**
>
> 別忘記南、北半球氣候是顛倒的喔！譬如オーストラリア（澳洲），夏天大概在12月到2月，冬天則是6月到8月。

▶ **T 7.7** 聽聽看！再大聲唸出來

練習をしよう

1 ついたち 1日／1號	**9** ここの か 9日／9號	**17** じゅう/しち/にち 17日／17號	**25** にじゅう/ご/にち 25日／25號
2 ふつか 2日／2號	**10** とお か 10日／10號	**18** じゅう/はち/にち 18日／18號	**26** にじゅう/ろく/にち 26日／26號
3 みっ か 3日／3號	**11** じゅう/いち/にち 11日／11號	**19** じゅう/く/にち 19日／19號	**27** にじゅう/しち/にち 27日／27號
4 よっ か 4日／4號	**12** じゅう/に/にち 12日／12號	**20** はっ か 20日／20號	**28** にじゅう/はち/にち 28日／28號
5 いつか 5日／5號	**13** じゅう/さん/にち 13日／13號	**21** にじゅう/いち/にち 21日／21號	**29** にじゅう/く/にち 29日／29號
6 むい か 6日／6號	**14** じゅう/よっか 14日／14號	**22** にじゅう/に/にち 22日／22號	**30** さん/じゅう/にち 30日／30號
7 なの か 7日／7號	**15** じゅう/ご/にち 15日／15號	**23** にじゅう/さん/にち 23日／23號	**31** さんじゅう/いち/にち 31日／31號
8 よう か 8日／8號	**16** じゅう/ろく/にち 16日／16號	**24** にじゅう/よっか 24日／24號	**32** なんにち 何日／幾號

聽力練習イ
聞き取り練習

▶ **T 7.8** 請聽聽MP3，按照MP3的對話順序，標上數字。

□　いいえ、北海道の　夏は　涼しいです。

□　はい、7月から　8月まで　とても　暑いです。

① 東京の　夏は　暑いですか。

□　ハワイは　どうですか。

□　日本の　夏は、北海道から　沖縄まで、どこも　暑いですか。

□　ハワイは　1年中　暑いです。

▶▶ 答案及翻譯詳見P150

▶ **T 7.9** 每逢佳節倍思親，日本的這些節日怎麼說呢？參考以下四組關鍵字和對話，
跟朋友練習一下吧！

A：今日は 寒いですね。
今天好冷啊！

B：ええ、本当に 寒いです。
是啊！真是冷啊！

A：もうすぐ 節分ですね。
節分就快到了。

B：節分は いつですか。
節分是什麼時候？

A：2月3日です。
2月3日。

B：えっ、2月4日ですか。
咦，2月4日嗎？

A：いいえ、2月3日です。
不，是2月3日。

▶▶ 其他參考對話詳見P150

寒い／節分
2月3日／2月4日

暖かい／ひな祭り
3月3日／3月4日

暑い／七夕
7月7日／8月9日

寒い／クリスマス
12月24日／11月14日

▶ 請閱讀以下短文，試著回答下列問題。

閱讀

　　宇宙の　皆さん、こんにちは。今日は　地球を　紹介します。地球は　きれいです。ただ、人が　多いです。気候は、赤道は　暑いですが、北極と　南極は　寒いです。赤道から　北極や　南極まで　の間は、いろいろです。あなたの　星は　どうですか。

---

1 地球は　どうですか。

❶ きれいです。　　　　　❷ 暑いです。
❸ 寒いです。　　　　　　❹ きれいでは　ありません。

2 地球の　気候は　どうですか。

❶ 多いです。　❷ 暑いです。　❸ 寒いです。　❹ いろいろです。

翻譯　解答

　　各位來自宇宙的朋友，大家好，今天為您介紹地球。地球很漂亮，只是人太多了。至於氣候，赤道很熱，但南極與北極很冷，從赤道到南、北極之間有各種不同的氣候。您的星球如何呢？

---

1 地球如何呢？
❶ 很漂亮。　　❷ 很熱。　　❸ 很冷。　　❹ 不漂亮。

2 地球的氣候如何呢？
❶ 很多。　　　❷ 很熱。　　❸ 很冷。　　❹ 各式各樣。

解答：1．1、2．4

Lesson 07

N5單字總整理！

剛上完一課，快來進行單字總復習！
在日檢考試前，幫您做好萬全準備！

氣象

天気
てんき
（天氣；好天氣）

風（風）
かぜ

雨（雨）
あめ

暑い
あつ
（〈天氣〉熱，炎熱）

雪（雪）
ゆき
（雪）

曇る
くも
（變陰；〈陰天〉）

寒い
さむ
（〈天氣〉寒冷）

涼しい
すず
（涼爽）

晴れる
は
（〈天氣〉放晴，
〈雨，雪〉停止）

季節

春（春天）
はる

夏（夏天）
なつ

秋（秋天）
あき

冬（冬天）
ふゆ

日期

- 1日（〈每月〉一號，初一）
ついたち
- 2日（〈每月〉二號；兩天）
ふつか
- 3日（〈每月〉三號；三天）
みっか
- 4日（〈每月〉四號；四天）
よっか
- 5日（〈每月〉五號；五天）
いつか
- 6日（〈每月〉六號；六天）
むいか
- 7日（〈每月〉七號；七天）
なのか
- 8日（〈每月〉八號；八天）
ようか
- 9日（〈每月〉九號；九天）
ここのか
- 10日（〈每月〉十號；十天）
とおか
- 20日（〈每月〉二十日；二十天）
はつか
- 1日（一天；一整天）
いちにち
- カレンダー【calendar】
（日曆）

年月份

- 先月（上個月）
せんげつ
- 今月（這個月）
こんげつ
- 来月（下個月）
らいげつ
- 毎月／毎月（每個月）
まいげつ　まいつき
- 1月（一個月）
ひとつき
- 一昨年（前年）
おととし
- 去年（去年）
きょねん
- 今年（今年）
ことし
- 来年（明年）
らいねん
- 再来年（後年）
さらいねん
- 毎年／毎年（每年）
まいねん　まいとし
- 年（年；年紀）
とし
- ～時（時）
とき

- 日語共有 11 種品詞。

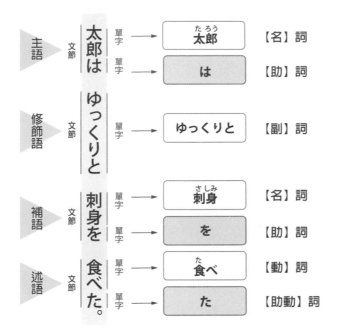

品 詞	單　字	
【　動　】詞	会う 見面	見る 看
【　名　】詞	手 手	雨 雨
【代名】詞	どこ 哪裡	これ 這個
【形容】詞	安い 便宜	楽しい 快樂
【形容動】詞	静かだ 安靜	便利だ 方便
【　副　】詞	少し 一些	とても 非常
【連體】詞	その 那個	大きな 大的
【接續】詞	しかし 但是	だから 所以
【　助　】詞	を　は　が　から　のに 　　　　　從…　卻…	
【助動】詞	た　れる　そうだ 　　　　　聽說	
【感動】詞	はい　ああ 是的　啊	

模擬考題

もんだい1＿＿＿の　ことばは　ひらがな、カタカナや　かんじで　どう　かきますか。
1・2・3・4から　いちばん　いいものを　ひとつ　えらんで　ください。

① かいしゃは　らいげつの　六日が　やすみです。
1　むっつか　　　　2　むいか　　　　3　むいつか　　　　4　むつか

② きょうは　二十日です。あしたは　21にちです。
1　はつか　　　　2　はたち　　　　3　はずか　　　　4　はちか

③ だいがくの　しけんは　来月の　ついたちから　です。
1　らいがつ　　　　2　らいげつ　　　　3　きつき　　　　4　らいづき

④ わたしは　毎月　しょうせつを　3さつ　よみます。
1　まいつき　　　　2　まえげつ　　　　3　まいがつ　　　　4　まいづき

⑤ のりこの　たんじょうびは　4がつ　ようかです。
1　4日　　　　2　5日　　　　3　8日　　　　4　9日

⑥ らいねんの　かれんだーを　かいました。
1　カテンダー　　　　2　カルンダー　　　　3　カレンダー　　　　4　カレシダー

もんだい2　（　　　）に　なにを　いれますか。1・2・3・4から　いちばん　いいもの
を　ひとつ　えらんで　ください。

① きょうは　7がつ　（　　　）　です。　　　　｜7月5日｜
1　よっか　　　　2　いつか　　　　3　むいか　　　　4　なのか

もんだい3　＿＿＿＿＿の　ぶんと　だいたい　おなじ　いみの　ぶんが　あります。1・2・
3・4から　いちばん　いいものを　ひとつ　えらんで　ください。

① おととし　にほんに　きました。
1　ふつかまえ　にほんに　きました。　　2　にしゅうかんまえ　にほんに　きました。
3　にかげつまえ　にほんに　きました。　4　にねんまえ　にほんに　きました。

二、文法問題

もんだい1 （　　　）に　何を　入れますか。1・2・3・4から　いちばん　いいもの
を　一つ　えらんで　ください。

① 中川「山田さんは　あした　じかんが　ありますか。」
　　山田「あさ（　　　）　いそがしいですが、ごごは　ひまです。」

　　1　が　　　　2　は　　　　3　に　　　　4　で

② 今日は　いちにち（　　　）　はたらきました。つかれました。
　　1　じゅう　　2　まで　　　3　ごろ　　　4　あと

③ 妹は　にんじんを　食べます（　　　）、弟は　食べません。
　　1　か　　　　2　は　　　　3　と　　　　4　が

④ ここ（　　　）　ジュースは　飲みません。
　　1　へは　　　2　には　　　3　では　　　4　とは

⑤ おさいふは（　　　）ありませんでした。
　　1　どこにも　2　いつも　　3　どこもに　4　どこに

⑥ がっこうは　（　　　）からですか。
　　1　いつも　　2　何も　　　3　いつ　　　4　どこに

⑦ 今日は　ごごから　あめが　（　　　）　でしょう。
　　1　ふる　　　2　ふり　　　3　ふって　　4　ふります

もんだい2 ＿＿★＿＿に　入る　ものは　どれですか。1・2・3・4から　いちばん
いいものを　一つ　えらんで　ください。

① 山田「すみません。どよびの　ごぜんは　じかんが　ありません。」
　　田中「では、にちようび＿＿＿＿　＿＿＿＿　＿＿★＿＿　＿＿＿＿　ですか。」

　　1　どう　　　2　ごご　　　3　は　　　　4　の

② 橋本「わたしたちは　えき＿＿＿＿　＿＿＿＿　＿＿★＿＿　＿＿＿＿。」
　　中山「たいへんですね。」
　　1　まで　　　2　あるきます　　　3　いえ　　　4　から

8 健康×活力！我的幸福小日子

昼ご飯は　何を　食べますか。

看圖記單字
絵を見て覚えよう

▶ T8.1 聽聽看！再大聲唸出來

1 魚／魚	10 チョコレート／巧克力	19 ぶどう／葡萄
2 いか／烏賊	11 ケーキ／蛋糕	20 りんご／蘋果
3 えび／蝦子	12 トマト／蕃茄	21 すいか／西瓜
4 貝／貝類	13 たまねぎ／洋蔥	22 レモン／檸檬
5 肉／肉類	14 大根／白蘿蔔	23 パン／麵包
6 チーズ／乳酪	15 にんじん／紅蘿蔔	24 ご飯／米飯
7 牛乳／牛奶	16 じゃがいも／馬鈴薯	25 麺／麵
8 ヨーグルト／優酪乳	17 キャベツ／高麗菜	
9 バター／牛油，奶油	18 バナナ／香蕉	

> おいしいね。
> 好好吃喔。

文法重點提要

- □ 何（なに／なん）
- □ どんな［名詞］
- □ ［句子］よ
- □ ［名詞］や［名詞］（など）
- □ ［場所］で［動詞］

靈活應用 応用編

「民以食為天」，相信大家都能同意吧！食物不僅是活力的來源，吃到美食，也會令人心情愉快。所以，即使是減肥期間，該攝取的營養，樣樣都不能少喔！

▶ T8.2 跟同伴練習下面的對話吧！

A：昼ご飯は　何を　食べますか。
午餐要吃什麼呢？

B：肉を　食べます。
要去吃肉。

A：どんな　肉ですか。
要吃什麼肉呢？

B：ステーキです。ステーキは　おいしいですよ。
牛排。牛排很好吃喔。

A：何を　飲みますか。
那要喝什麼呢？

B：コーヒーや　紅茶を　飲みます。
喝咖啡或是紅茶。

A：どこで　食べますか。
要到哪裡吃呢？

B：レストランで　食べます。
在餐廳吃。

文法重點說明

1 昼ご飯は 何を 食べますか。（午餐要吃什麼呢？）

「何（なに / なん）」代替名稱或情況不瞭解的事物。也用在詢問數字時。可譯作「什麼」。「何が」、「何を」及「何も」唸「なに」；「何だ」、「何の」及詢問數字時念「なん」；至於「何で」、「何に」、「何と」及「何か」唸「なに」或「なん」都可以。

あしたは 何曜日ですか。（明天是星期幾呢？）

今日は 何も 食べませんでした。（今天什麼都沒吃？）

2 どんな 肉ですか。（要吃什麼肉呢？）

「どんな［名詞］」。「どんな」後接名詞，用在詢問事物的種類、內容。可譯作「什麼樣的」。

どんな 本を 読みますか。（你看什麼樣的書？）

それは どんな 色ですか。（那是什麼顏色？）

3 ステーキは おいしいですよ。（牛排很好吃喔。）

「［句子］よ」請對方注意，或使對方接受自己的意見時，用來加強語氣。基本上使用在說話人認為對方不知道的事物，想引起對方注意。可譯作「…喔」。

この 料理は おいしいですよ。（這道菜很好吃喔。）

これは 太郎の 辞書ですよ。（這是太郎辭典喔。）

4 コーヒーや 紅茶を 飲みます。（喝咖啡或是紅茶。）

「［名詞］や［名詞］（など）」表示在幾個事物中，列舉出二、三個來做為代表，其他的事物就被省略下來，沒有全部說完。可譯作「…和…」。後面接「など」也是表示舉出幾項，但是沒有全部說完。這些沒有全部說完的部分用「など」（等等）來加以強調。

りんごや みかんを 買いました。（買了蘋果和橘子。）

テニスや 野球などを します。（打網球和棒球等等。）

5 レストランで 食べます。（在餐廳吃。）

「［場所］で［動詞］」表示動作進行的場所。可譯作「在…」。

玄関で 靴を 脱ぎました。（在玄關脱了鞋子。）

家で テレビを 見ます。（在家看電視。）

對話練習ア
話してみよう

T 8.3 請根據圖 2 到 6 的關鍵字，並參考下列對話，再跟朋友一起完成對話。

A：山下さんは　映画を　見ますか。
山下小姐看電影嗎？

B：ええ、見ますよ。
嗯，看啊！

A：どこで　見ますか。
在哪裡看呢？

B：渋谷です。
澀谷。

A：そうですか。
這樣啊！

1

映画を　見ます／渋谷
看電影／澀谷

▶▶ 其它參考對話詳見P150

テニスを　します／市民体育館
打網球／市民體育館

2

日本料理を　食べます／料亭
吃日本料理／高級日本料理店

3

4

散歩を　します／公園
散步／公園

ケーキを　作ります／家
作蛋糕／家

5

6

ビールを　飲みます／居酒屋
喝啤酒／居酒屋

▶ **T 8.4** 人們在談論運動跟飲食習慣，MP3中提到那些項目呢？請在方格內打勾。

1 スポーツ／運動

□ サッカー／足球　　□ テニス／網球　　□ 水泳／游泳

2 お酒／酒

□ 日本酒／日本酒　　□ ビール／啤酒　　□ ワイン／葡萄酒

3 果物／水果

□ もも／桃子　　□ 柿／柿子　　□ ぶどう／葡萄

▶▶ 答案詳見P151

▶ 好好表現一下囉！以上面的圖為話題，參考下面對話，跟同伴說說自己的習慣。

A： どんな スポーツを しますか。
你都做些什麼運動呢？

B： サッカーや テニスを します。
我都踢足球或打網球。

A：水泳も しますか。
也游泳嗎？

B： いいえ、しません。
不，我不游泳。

造句練習
書いてみよう

▶ 這些句子都亂了，請把它們按照順序排好。

1. お酒 か 田中さん 飲みます は を

2. や を 飲みます ビール ワイン

3. を か どんな 飲みます お酒

4. ビール を で 飲みます 家

答案都寫完了嗎？別小看這個小測驗，這一大題可以幫助您熟悉日文語順的特徵，是打好基礎日語不可或缺的練習題喔！寫完之後，請翻到後面的解答篇核對答案，確認自己是不是都寫對了呢！

▶▶ 答案及翻譯詳見P151

對話練習イ
話してみよう

▶ T 8.5　您中午都吃些什麼呢？參考下圖跟朋友練習下列的對話吧！

A：昼ご飯は　何を　食べますか。
你中餐吃什麼？

B：ステーキを　食べます。
我吃牛排。

A：何を　飲みますか。
喝什麼呢？

B：コーヒーを　飲みます。
喝咖啡。

A：どこで　食べますか。
在哪裡吃呢？

B：レストランで　食べます。
在餐廳。

▶▶ 其它參考對話詳見P151

1 食べ物／食物

ステーキ／牛排

オムレツ／歐姆蛋

すき焼き／壽喜燒

2 飲み物／飲品

コーヒー／咖啡

ジュース／果汁

お茶／茶

3 場所／場所

レストラン／餐廳

会社／公司

家／家

▶ 請閱讀以下短文，試著回答下列問題。

閱讀

今日の 朝は、家で だんごを 3種類 食べました。お昼は、レストランで チーズケーキを 食べました。チーズは カルシウムが 多いです。夜は、居酒屋で お酒を 飲みました。ビールや 日本酒、ワインなどです。今日の 食事は、栄養の バランスが いいです。

1 今日は 家で 何回 ご飯を 食べましたか。

❶ 0回　　　❷ 1回　　　❸ 2回　　　❹ 3回

2 今日は お酒を 何回 飲みましたか。

❶ 0回　　　❷ 1回　　　❸ 2回　　　❹ 3回

翻譯　　　解答

今天早上在家吃了三種丸子；中午在餐廳吃了起士蛋糕，起士含有豐富的鈣質；晚上在居酒屋喝了酒，有啤酒、日本清酒和葡萄酒等。今天吃的食物，營養十分均衡。

1 今天在家吃了幾餐呢？
　❶ 一餐都沒有　　　❷ 一餐　　　❸ 兩餐　　　❹ 三餐

2 今天在家喝了幾次酒呢？
　❶ 一次都沒有　　　❷ 一次　　　❸ 兩次　　　❹ 三次

答案：1 2・2 1

Lesson 08

N5單字總整理！

剛上完一課，快來進行單字總復習！
在日檢考試前，幫您做好萬全準備！

する動詞

する
（做，進行）
洗濯する
（洗衣服，洗滌）

掃除する
（打掃，清掃）

旅行する
（旅行，旅遊）

散歩する
（散步）

勉強する
（努力學習）

練習する
（練習，學習）

結婚する
（結婚）

質問する
（提問，問題）

餐具

コーヒー【coffee】
（咖啡）

牛乳（牛奶）

お酒（酒；清酒）

肉（肉）

鳥肉（雞肉）

水（水）

牛肉（牛肉）

豚肉（豬肉）

お茶（茶，茶葉）

パン【(葡) pão】（麵包）

野菜
（蔬菜，青菜）

卵
（蛋，雞蛋）

果物（水果，鮮果）

- <ruby>会<rt>あ</rt></ruby>う（見面，遇見）
- <ruby>上<rt>あ</rt></ruby>げる／<ruby>挙<rt>あ</rt></ruby>げる（送給；舉起）
- <ruby>遊<rt>あそ</rt></ruby>ぶ（遊玩；遊覽）

- <ruby>浴<rt>あ</rt></ruby>びる（淋，浴，澆）
- <ruby>洗<rt>あら</rt></ruby>う（沖洗，清洗）

- <ruby>在<rt>あ</rt></ruby>る（在，存在）
- <ruby>有<rt>あ</rt></ruby>る（有，持有）

- <ruby>言<rt>い</rt></ruby>う（講；說話）
- <ruby>居<rt>い</rt></ruby>る（〈人或動物的存在〉有，在）
- <ruby>要<rt>い</rt></ruby>る（要，需要）
- <ruby>歌<rt>うた</rt></ruby>う（唱歌）
- <ruby>置<rt>お</rt></ruby>く（放，放置）
- <ruby>泳<rt>およ</rt></ruby>ぐ（游泳）
- <ruby>終<rt>お</rt></ruby>わる（完畢，結束）
- <ruby>返<rt>かえ</rt></ruby>す（還，歸還；送回）
- <ruby>掛<rt>か</rt></ruby>ける（打電話）

- <ruby>被<rt>かぶ</rt></ruby>る（戴〈帽子等〉）
- <ruby>切<rt>き</rt></ruby>る（切，剪，裁剪；切傷）

- <ruby>下<rt>くだ</rt></ruby>さい（〈表請求對方作〉請給〈我〉；請～）
- <ruby>答<rt>こた</rt></ruby>える（回答，答覆）
- <ruby>咲<rt>さ</rt></ruby>く（開〈花〉）
- <ruby>差<rt>さ</rt></ruby>す（撐〈傘等〉）
- <ruby>締<rt>し</rt></ruby>める（勒緊；繫著）

- <ruby>知<rt>し</rt></ruby>る（知道，得知）
- <ruby>吸<rt>す</rt></ruby>う（吸，抽）
- <ruby>住<rt>す</rt></ruby>む（住，居住）
- <ruby>頼<rt>たの</rt></ruby>む（請求，要求）
- <ruby>違<rt>ちが</rt></ruby>う（不同，差異）
- <ruby>使<rt>つか</rt></ruby>う（使用；花費）
- <ruby>疲<rt>つか</rt></ruby>れる（疲倦，疲勞）
- <ruby>着<rt>つ</rt></ruby>く（到，到達）

- <ruby>作<rt>つく</rt></ruby>る（做，造）
- <ruby>点<rt>つ</rt></ruby>ける（點〈火〉，點燃）
- <ruby>勤<rt>つと</rt></ruby>める（工作，任職）
- <ruby>出来<rt>でき</rt></ruby>る（可以，辦得到）
- <ruby>止<rt>と</rt></ruby>まる（停，停止）
- <ruby>取<rt>と</rt></ruby>る（拿取；採取）
- <ruby>撮<rt>と</rt></ruby>る（拍照，拍攝）

- <ruby>鳴<rt>な</rt></ruby>く（〈鳥，獸，虫等〉叫，鳴）
- <ruby>無<rt>な</rt></ruby>くす（喪失）
- <ruby>為<rt>な</rt></ruby>る（成為，變成）

- <ruby>登<rt>のぼ</rt></ruby>る（登；攀登〈山〉）
- <ruby>履<rt>は</rt></ruby>く／<ruby>穿<rt>は</rt></ruby>く（穿〈鞋，襪；褲子等〉）
- <ruby>走<rt>はし</rt></ruby>る（〈人，動物〉跑步）

- <ruby>貼<rt>は</rt></ruby>る（貼上，糊上）
- <ruby>弾<rt>ひ</rt></ruby>く（彈，彈奏）
- <ruby>吹<rt>ふ</rt></ruby>く（〈風〉刮，吹）

- <ruby>降<rt>ふ</rt></ruby>る（落，下，降〈雨，雪，霜等〉）
- <ruby>曲<rt>ま</rt></ruby>がる（彎曲；拐彎）
- <ruby>待<rt>ま</rt></ruby>つ（等候，等待）
- <ruby>磨<rt>みが</rt></ruby>く（刷洗，擦亮）
- <ruby>見<rt>み</rt></ruby>せる（讓～看，給～看）
- <ruby>見<rt>み</rt></ruby>る（看，觀看）
- <ruby>申<rt>もう</rt></ruby>す（叫做，稱）
- <ruby>持<rt>も</rt></ruby>つ（拿，帶）
- やる（做，幹）
- <ruby>呼<rt>よ</rt></ruby>ぶ（呼叫，招呼）
- <ruby>渡<rt>わた</rt></ruby>る（渡，過〈河〉）
- <ruby>渡<rt>わた</rt></ruby>す（交給，交付）

模擬考題

一、文字、語彙問題

もんだい1＿＿の ことばは ひらがな、カタカナや かんじで どう かきますか。
1・2・3・4から いちばん いいものを ひとつ えらんで ください。

(1) あさは パンと 牛乳を たべます。
1 ぎゅうにゅ　　　　2 ぎゅうにゅう　　　　3 ぎゅうにゆう　　　　4 ぎうにゅう

(2) わたしは 牛肉と さしみを たべませんでした。
1 ぎゅにく　　　　2 ぎゅうにく　　　　3 きゅうにく　　　　4 ぎゅにぐ

(3) はなこさん、ちょっと お茶を のんで から かえりませんか。
1 ちゃあ　　　　2 ちゃい　　　　3 ちや　　　　4 ちゃ

(4) どようびの ごごは 洗濯で いそがしかったです。
1 せいたく　　　　2 せんだく　　　　3 せったん　　　　4 せんたく

(5) わたしの あには はなこさんと 結婚します。
1 けつこん　　　　2 けっこん　　　　3 げつこん　　　　4 けごん

(6) きのう たなかさんと やまに 登りました。
1 のほり　　　　2 のぽり　　　　3 のぼうり　　　　4 のぼり

(7) にくと たまごを かって きて ください。
1 茆　　　　2 卯　　　　3 卵　　　　4 柳

(8) けさは くだものは たべませんでした。
1 果物　　　　2 菓者　　　　3 果者　　　　4 菓物

(9) どようびは せんたくを した あとで しゅくだいを しました。
1 沈濯　　　　2 洗濯　　　　3 決濯　　　　4 流濯

(10) にちようびには みんなで そうじを しました。
1 掃余　　　　2 掃除　　　　3 帰除　　　　4 掃徐

もんだい2　（　　　）に　なにを　いれますか。1・2・3・4から　いちばん　いいも
のを　ひとつ　えらんで　ください。

①　みなさん、しゃしんを　（　　　）よ。
　　1　つけます　　　　　　2　おします　　　　　3　とります　　　　　4　つくります

もんだい3　＿＿＿＿＿の　ぶんと　だいたい　おなじ　いみの　ぶんが　あります。1・
2・3・4から　いちばん　いいものを　ひとつ　えらんで　ください。

①　いまから　せんたくを　します。
　　1　いまから　てや　かおを　あらいます。
　　2　いまから　シャツや　ズボンを　あらいます。
　　3　いまから　ちゃわんや　コップを　あらいます。
　　4　いまから　くるまを　あらいます。

②　いまから　そうじを　します。
　　1　いまから　ようふくを　きれいに　します。
　　2　いまから　へやを　きれいに　します。
　　3　いまから　おさらを　きれいに　します。
　　4　いまから　からだを　きれいに　します。

③　まいあさ　こうえんを　さんぽします。
　　1　まいあさ　こうえんで　うたいます。
　　2　まいあさ　こうえんで　はしります。
　　3　まいあさ　こうえんで　すわります。
　　4　まいあさ　こうえんで　あるきます。

二、文法問題

もんだい1　（　　　）に　何を　入れますか。1・2・3・4から　いちばん　いいもの
を　一つ　えらんで　ください。

①　わたしの　兄は　来月から　ぎんこう（　　　）　はたらきます。
　　1　に　　　　　2　へ　　　　　3　を　　　　　4　で

模 擬 考 題

② A 「いっしょに おやつは どうですか。ケーキ （ ） くだものなど、おいしいで
すよ。」

B 「ありがとう ございます。」

1 が   2 や   3 も   4 と

③ A 「山口さんは （ ） 人ですか。」
B 「とても おもしろい 人です。」

1 どこの   2 どんな   3 どうして   4 どれぐらい

④ ちかくに ゆうびんきょくや ぎんこう （ ）が あります。

1 と   2 など   3 も   4 たち

⑤ ここ （ ） すこし やすみます。

1 と   2 で   3 の   4 を

⑥ えきから とおいです （ ）。

1 に   2 よ   3 は   4 を

もんだい2 ___★___に 入る ものは どれですか。1・2・3・4から いちばん い
いものを 一つ えらんで ください。

① 田中「山田さんは 今度の ＿＿＿＿ ＿＿＿＿ ＿★＿ ＿＿＿＿ しますか。」
山田「にほんごを べんきょうします。」

1 に   2 なつやすみ   3 を   4 何

② 山中「きのう、ちかく ＿＿＿＿ ＿＿＿＿ ＿★＿ ＿＿＿＿ を たべました。」
大山「どんな レストランですか。」

1 レストラン   2 ごはん   3 で   4 の

〔代名詞的圖像〕

・不稱呼對方的名字、名稱，而用「你、我、他、它」來稱呼人或物的叫代名詞。

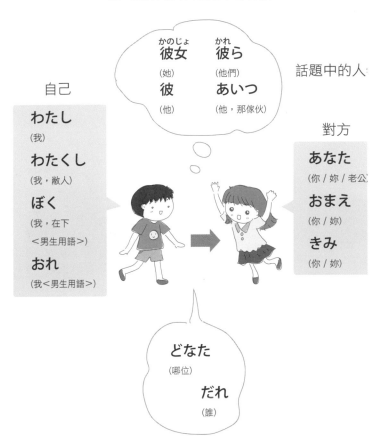

話題中的人

彼女 (かのじょ) (她)　彼ら (かれ) (他們)

彼 (他)　あいつ (他，那傢伙)

自己

わたし (我)

わたくし (我，敝人)

ぼく (我，在下 ＜男生用語＞)

おれ (我 ＜男生用語＞)

對方

あなた (你／妳／老公)

おまえ (你／妳)

きみ (你／妳)

どなた (哪位)

だれ (誰)

〔名詞〕 名詞活用變化如下：

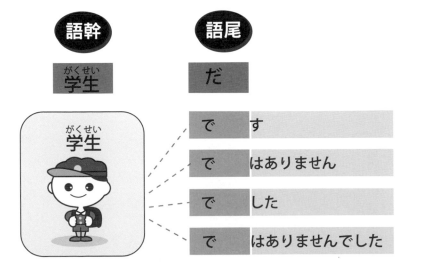

語幹	語尾
学生 (がくせい)	だ

学生 (がくせい)		
で	す	
で	はありません	
で	した	
で	はありませんでした	

9 上？下？左？右？東西在哪裡呢？

あれ、お皿が　ありませんね。

看圖記單字
絵を見て覚えよう

▶ **T 9.1** 聽聽看！再大聲唸出來

1 流し台／洗滌槽

2 電子レンジ／微波爐

3 鍋／鍋子

4 やかん／燒水壺

5 包丁／菜刀

6 まな板／切菜板

7 フライパン／平底鍋

8 皿／盤子

9 フォーク／叉子

10 ナイフ／刀子

11 歯ブラシ／牙刷

12 コップ／杯子

13 タオル／毛巾

14 スリッパ／拖鞋

15 ヘアブラシ／梳子

16 せっけん／肥皂

17 シャンプー／洗髮精

18 リンス／潤絲精

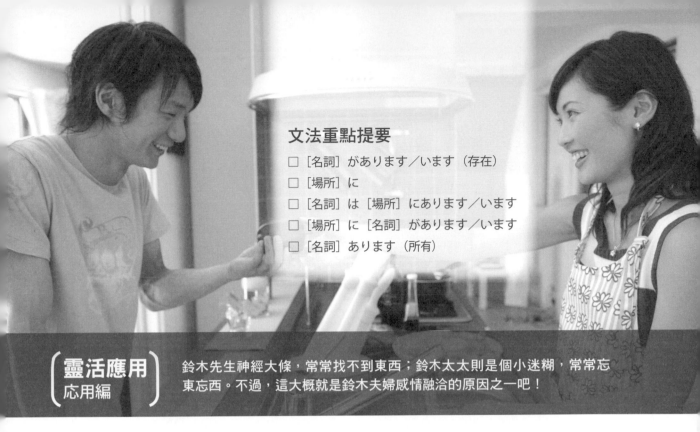

文法重點提要

□ ［名詞］があります／います（存在）
□ ［場所］に
□ ［名詞］は［場所］にあります／います
□ ［場所］に［名詞］があります／います
□ ［名詞］あります（所有）

［靈活應用］ 応用編

鈴木先生神經大條，常常找不到東西；鈴木太太則是個小迷糊，常常忘東忘西。不過，這大概就是鈴木夫婦感情融洽的原因之一吧！

▶ **T 9.2** 一人扮演鈴木先生，一人扮演鈴木太太，跟同伴一起練習下面對話囉！

A：あれ、お皿（さら）が ありませんね。

咦？我找不到盤子耶。

B：ええと、お皿（さら）は 下（した）の 棚（たな）に あります。

我想想……，盤子在下面的櫃子裡。

A：え、下（した）の 棚（たな）、下（した）の 棚（たな）、下（した）の 棚（たな）には ありませんよ。

唔……，下面的櫃子，下面的櫃子，下面的櫃子裡沒有啊？

B：あっ、ごめん、上（うえ）の 棚（たな）です。

啊，對不起！是在上面的櫃子！

A：あ、ありました。どうぞ。この 台所（だいどころ）は 棚（たな）が たくさん ありますね。

喔，找到了。給你。這間廚房的櫃子真不少呢。

B：ええ。あれ、お皿（さら）に ひびが ありますね。

是呀。咦？這個盤子有裂縫喲。

A：あっ、そうですね。

啊，真的耶！

107

文法重點說明

1 お皿が　ありませんね。（我找不到盤子耶。）

「［名詞］があります／います」表示存在某物或某人的句型。「あります／います」是表示事物存在的動詞，無生命的自己無法動的用「あります」；「います」用在有生命的，自己可以動作的人或動物。

ノートが　あります。（有筆記本。）

鳥が　います。（有鳥。）

2 お皿は　下の　棚に　あります。（盤子在下面的櫃子裡。）

「［名詞］は［場所］にあります／います」表示某物或人，存在某場所。可譯作「某物或人在某處」。

トイレは　あちらに　あります。（廁所在那邊。）

姉は　部屋に　います。（姊姊在房間。）

「［場所］に」。「に」表示存在的場所。

木の　下に　妹が　います。（妹妹在樹下。）

山の　上に　小屋が　あります。（山上有棟小屋。）

3 お皿に　ひびが　ありますね。（這個盤子有裂縫喲。）

「［場所］に［名詞］があります／います」表某處存在某物或人。可譯作「某處有某物或人」。

箱の　中に　お菓子が　あります。（箱子裡有點心。）

北海道に　兄が　います。（北海道那邊有哥哥。）

「［名詞］あります」也表示擁有。

私は　車が　あります。（我有車子。）

貓在哪裡
猫はどこにいますか

說說看我在哪裡呢？

▶ **T9.3** 邊聽邊練習，肥貓教你上下左右、前面後面、裡面外面怎麼說？

^{うえ}
上／上面

^{した}
下／下面

^{まえ}
前／前面

^{うし}
後ろ／後面

^{みぎ}
右／右邊

^{ひだり}
左／左邊

^{あいだ}
間／中間

^{なか}
中／裡面 ⇔ ^{そと}外／外面

^{となり}
隣／隔壁、旁邊

109

對話練習ア
話してみよう

▶ **T 9.4**　參考對話1，跟同伴練習圖2和3。

1. 猫／ベンチの　上（下）
　　貓／長椅上面（下面）

我在長椅上啦！
不過日語該怎麼
說呢？

1　對話

A： あのう、猫は　どこに　いますか。
　　　請問，貓在哪裡？

B： 猫ですか。　ベンチの　上に　います。
　　　貓啊！在長椅上面。

A： ベンチの　下ですね。
　　　在長椅下面啊！

B： いいえ、ベンチの　上です。
　　　不是的，在長椅上面。

A： あっ、　どうも。
　　　啊，謝了！

2. 女の　人／家の　外（中）
　　女人／房子裡面（外面）

3. 子ども／おじいちゃんと
おばあちゃんの　間（右）
　小孩／祖父祖母中間（右邊）

▶▶ 其他參考對話詳見P151

聽力與對話
聞いて話しましょう

▶ **T 9.5** A 聽聽MP3，下面的這些建築物位置在哪裡呢？把正確的號碼填上去。

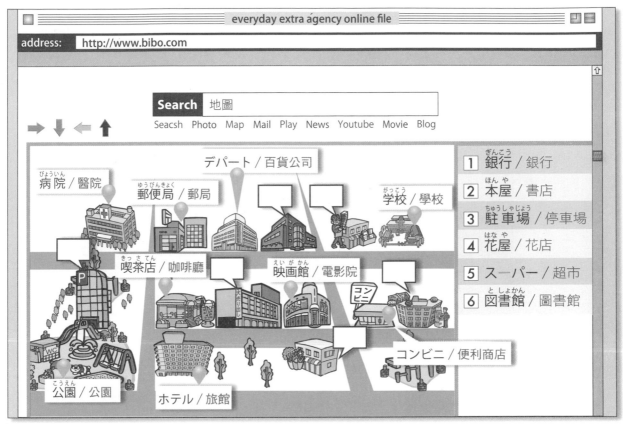

▶▶ 答案詳見P152

在日本迷路了怎麼辦？

把紫色字換掉，練習說說看！

▶ **T 9.6** B 參考關鍵字1的對話，跟同伴練習2到4的地理位置。

1. コンビニ / 便利商店

2. デパート / 百貨公司

3. 喫茶店（きっさてん）/ 咖啡廳

4. ホテル / 旅館

▶▶ 其他參考對話詳見P152

A：すみません。この　近（ちか）くに
　　コンビニは　ありませんか。
　　請問，這附近有便利商店嗎？

B：あそこに　ありますよ。
　　那裡有喔！

A：えっ、どこですか。
　　啊，在哪裡呢？

B：銀行（ぎんこう）の　隣（となり）です。
　　在銀行隔壁。

A：ありがとう　ございます。
　　謝謝您。

▶ 理香的小東西都放在架子的第幾層呢？請參考例子，填填看。

例　A：鏡は　どこに　ありますか。

　　　鏡子在哪裡？

　　B：下から　２段目です。

　　　從下面數第二層。

　　A：化粧水は　どこに　ありますか。

　　B：＿＿＿＿＿＿＿＿＿＿＿＿

　　A：香水は　どこに　ありますか。

　　B：＿＿＿＿＿＿＿＿＿＿＿＿

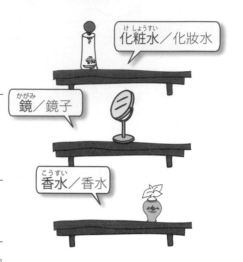

化粧水／化妝水

鏡／鏡子

香水／香水

▶▶ 參考答案詳見P152

對話練習イ
話してみよう

▶ **T 9.7**　在朋友家廚房，今天大家準備做幾道拿手菜，可是東西在哪裡呢？聽聽下面的對話，然後跟同伴練習。

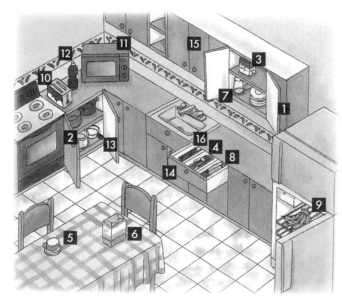

1 皿／盤子		**9** バナナ／香蕉	
2 鍋／鍋子		**10** トースター／烤麵包機	
3 米／米飯		**11** 電子レンジ／微波爐	
4 フォーク／叉子		**12** しょう油／醬油	
5 カップ／杯子		**13** フライパン／平底鍋	
6 塩／鹽巴		**14** 引き出し／抽屜	
7 グラス／玻璃杯		**15** 棚／架子	
8 ナイフ／刀子		**16** 箸／筷子	

A：あれ、**お皿**が ありませんよ。
　　唉呀！沒有盤子。

B：ええと、**下の 棚に** あります。
　　嗯，在下面的架子。

A：え、**下の 棚、下の 棚、下の 棚には** ありませんよ。
　　咦！下面的架子、下面的架子、下面的架子，沒有啊！

B：あっ、ごめん、**上の 棚**です。
　　啊！不好意思，在上面的架子。

A：あ、ありました。
　　啊！找到了！

コップ、カップ、グラス，傻傻分不清楚？

小杯子，大學問！

知識補給站

　　「コップ」用法最廣泛，主要是玻璃作的，喝東西的杯子也好、放牙刷的杯子也好，通常都會使用這個字喔！「グラス」是玻璃杯，一般來說沒有把手；而「カップ」則泛指咖啡杯或紅茶杯，其特徵是有把手、杯口較寬。
　　至於日常生活也很實用的馬克杯，日語就叫「マグカップ」囉！

▶ 好好表現一下。參考以上的對話，跟同伴練習下面這些東西都在哪裡呢？

1. しょう油／醬油　　　2. 塩／鹽巴　　　3. ナイフ／刀子

▶▶ 其它參考對話詳見P153

113

讀解練習
読んでみよう

▶ 請閱讀以下短文，試著回答下列問題。

閲讀

　昨日、夫が　へそくりを　隠しました。居間の　絵の　後ろです。私は　ドアの　後ろに　いました。でも、夫は　知りませんでした。後で　夫の　へそくりを　見ました。7万円も　ありました。全部　取りました。私にも　へそくりが　あります。場所は　秘密です。

1 昨日、誰が　へそくりを　隠しましたか。

　❶「私」　❷夫　❸「私」と　夫　❹「私」では　ありません。夫でも　ありません。

2 今、どこに　誰の　へそくりが　ありますか。

　❶絵の　後ろに　夫の　へそくりが　あります。

　❷ドアの　後ろに　「私」の　へそくりが　あります。

　❸秘密の　場所に　「私」の　へそくりが　あります。

　❹絵の　後ろに　夫の　へそくりが　あります。秘密の　場所に　「私」の

　へそくりが　あります。

翻譯　解答

　昨天，我先生把私房錢藏到了客廳那幅畫的後面。我當時正在門的後面，但他絲毫沒有查覺。後來，我看到了先生的私房錢，竟然有七萬，我全部拿走了。我也有藏私房錢，藏的地點是秘密了。

1 昨天，誰把私房錢藏了起來？

　❶「我」　　　❸先生　　　❸「我」跟先生　　　❹不是「我」，也不是先生

2 現在，哪裡有誰的私房錢呢？

　❶畫的後面有先生的私房錢。

　❷門的後面有我的私房錢。

　❸秘密基地有「我」的私房錢。

　❹畫的後面有先生的私房錢，秘密基地有「我」的私房錢。

Lesson 09
N5單字總整理！

剛上完一課，快來進行單字總復習！
在日檢考試前，幫您做好萬全準備！

調味料

バター【butter】
（奶油）

醬油（醬油）

砂糖（砂糖）

塩
（鹽，食鹽）

身邊物

鞄
（皮包，提包）

帽子
（帽子）

灰皿（煙灰缸）

煙草（香煙）

マッチ【match】
（火柴；火材盒）

ネクタイ
【necktie】
（領帶）

スリッパ
【slipper】
（拖鞋）

ハンカチ
【handkerchief】
（手帕）

靴
（鞋子）

眼鏡
（眼鏡）

靴下
（襪子）

財布
（錢包）

箱
（盒子，箱子）

餐具

スプーン【spoon】
（湯匙）

お皿（盤子）

フォーク【fork】
（叉子，餐叉）

茶碗
（茶杯，飯碗）

グラス【glass】
（玻璃杯）

ナイフ【knife】
（刀子，餐刀）

コップ【（荷）kop】
（玻璃杯，茶杯）

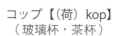
箸
（筷子，箸）

カップ【cup】
（〈有把〉茶杯）

方向位置

- 東（東，東方，東邊）
- 西（西，西邊，西方）
- 南（南，南方，南邊）
- 北（北，北方，北邊）
- 上（〈位置〉上面，上部）
- 下（〈位置的〉下，下面，底下；年紀小）
- 左（左，左邊）
- 右（右，右側，右邊，右方）
- 外（外面，外邊；戶外）
- 中（裡面，內部）
- 前（〈空間的〉前，前面）
- 後ろ（後面；背面，背地裡）
- 向こう
（對面，正對面；另一側；那邊）

店（商店，攤子）

八百屋
（蔬果店，菜舖）

映画館（電影院）

喫茶店（咖啡店）

レストラン
【(法) restaurant】
（西餐廳）

公園（公園）

ホテル【hotel】
（〈西式〉飯店，旅館）

病院（醫院）

デパート
【department store】
（百貨公司）

大使館（大使館）

銀行（銀行）

建物（建築物，房屋）

郵便局（郵局）

動詞變化

上一段動詞

上一段動詞活用變化如下：

 語幹　　 **語尾**

落ちる……　落ち　　　る
ru

落ち　　　→　　ます
masu

把【る】變成【ます】就行啦！

下一段動詞

下一段動詞活用變化如下：

語幹　　**語尾**

寝る……　寝　　　る
ru

寝　　　→　　ます
masu

把【る】變成【ます】就行啦！

五段動詞

五段動詞活用變化如下：

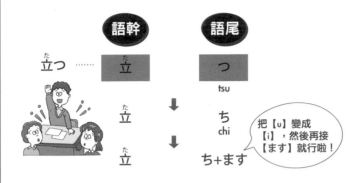

語幹	語尾
立（た）	つ tsu

立（た） ⬇ ち chi

立（た） ⬇ ち+ます

把【u】變成【i】，然後再接【ます】就行啦！

サ変動詞

サ変動詞活用變化如下：

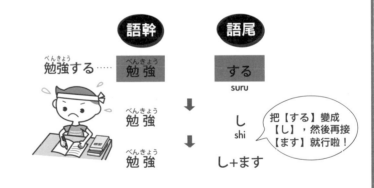

語幹	語尾
勉強（べんきょう）	する suru

勉強（べんきょう） ⬇ し shi

勉強（べんきょう） ⬇ し+ます

把【する】變成【し】，然後再接【ます】就行啦！

カ変動詞

カ変動詞活用變化如下：

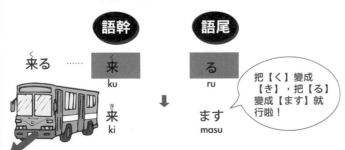

語幹	語尾
来（く） ku	る ru

来（き） ki ⬇ ます masu

把【く】變成【き】，把【る】變成【ます】就行啦！

模 擬 考 題

一、文字、語彙問題

もんだい1＿＿の ことばは ひらがな、カタカナや かんじで どう かきますか。
1・2・3・4から いちばん いいものを ひとつ えらんで ください。

① ゆうびんきょくの まえの 建物は ぎんこうです。
1 たちもつ　　　2 たったもの　　　3 たてもつ　　　4 たてもの

② コピーの あとで 銀行に いきます。
1 ぎんこ　　　2 きんこう　　　3 ぎんこう　　　4 ぎんごう

③ せんしゅう 東の まちには たくさんの かんこうきゃくが きました。
1 ひかち　　　2 びがし　　　3 ひかし　　　4 ひがし

④ わたしの かれは いちばん 左に います。
1 ぴったり　　　2 ぴたり　　　3 びたり　　　4 ひだり

⑤ くつしたは ひきだしの なかに あります。
1 靴下　　　2 鞍下　　　3 鞄下　　　4 鞅下

⑥ はなの えの はんかちが いいです。
1 ハソカテ　　　2 ハシカチ　　　3 ハンカチ　　　4 ハソカチ

⑦ すみません。 ばたーは いりません。
1 ベクー　　　2 ベター　　　3 バター　　　4 バクー

もんだい2 ＿＿＿＿の ぶんと だいたい おなじ いみの ぶんが あります。1・2・3・4から いちばん いいものを ひとつ えらんで ください。

① あそこは やおやです。
1 あの みせには ほんや ざっしが あります。
2 あの みせには やさいや くだものが あります。
3 あの みせには ようふくや くつが あります。
4 あの みせには コーヒーや こうちゃが あります。

② やまもとさんは げんかんに います。
1 やまもとさんは となりの へやに います。

2　やまもとさんは　まどの　したに　います。

3　やまもとさんは　がっこうの　ろうかに　います。

4　やまもとさんは　いえの　いりぐちに　います。

二、文法問題

もんだい1　（　　　）に　何を　入れますか。1・2・3・4から　いちばん　いいもの
を　一つ　えらんで　ください。

① わたしの　クラスには　りゅうがくせい（　　　）　二人　います。
1　で　　　　2　を　　　　3　に　　　　4　が

② 本だなに　中国語の　本と　日本語の　本（　　　）　あります
1　を　　　　2　が　　　　3　で　　　　4　に

③ もしもし、田中さん。いま　どこ（　　　）　いますか。
1　を　　　　2　が　　　　3　で　　　　4　に

④ はなやの　まえに　こうえんが　（　　　）。
1　きます　　　　　2　します　　　　　3　います　　　　4　あります

⑤ A「かびんは　どこ（　　　）　ありますか。」
B「はこ（　　　）　なかです。」

1　の／に　　　　　2　が／の　　　　　3　に／の　　　　　4　は／の

⑥ A「きょうしつの　まえに　だれ（　　　）　いますか。」
B「はなこ（　　　）います。」

1　が／か　　　　　2　か／が　　　　　3　か／か　　　　　4　は／は

もんだい2　＿＿★＿＿に　入る　ものは　どれですか。1・2・3・4から　いちばん
いいものを　一つ　えらんで　ください。

① A「中山先生＿＿＿＿　＿＿＿＿　＿★＿　＿＿＿＿か。」
B「すみません、分かりません。」

1　います　　　　　2　どちら　　　　　3　に　　　4　は

② 西山「あしたは　いえに　いますか。」
中山「ひるは　＿＿＿＿　＿＿＿＿　＿★＿　＿＿＿＿　います。」

1　よる　　　　　2　は　　　　　3　が　　　　4　いません

10 在安靜的城市，觀察事物的形象

それは　どんな　バッグですか。

看圖記單字
絵を見て覚えよう

▶ **T 10.1** 聽聽看！再大聲唸出來

顏色		形狀	
1 赤い／紅色	7 紫／紫色	11 丸い・円形／圓的；圓形	
2 青い／藍色	8 緑／綠色		
3 白い／白色	9 ピンク／粉紅色	12 三角形／三角形	
4 黒い／黑色		13 四角い・四角形／四角的；四角形	
5 オレンジ／橘色	10 茶色／茶色		
6 黄色い／黃色		14 長方形／長方形	

文法重點提要

□ [道具] で [動詞]
□ [名詞] はどんな [名詞] ですか
□ とても
□ [形容詞] です
□ [な形容詞] ではありません（じゃありません）
　[い形容詞] くありません（くないです）

□ あまり〜ません
□ [疑問詞] が
□ [形容詞] [名詞] （連体修飾）
□ [名詞] も （並列／重複）
□ [名詞] だけ
□ なにも／どこも [動詞否定]

靈活應用
応用編

▶ **T 10.2** 糟了！東西掉在車上了，趕快說說掉了什麼東西。

A：はい、東京都交通局です。／東京都交通局，您好。

B：もしもし、昨日　バスで　新宿に　行きましたが、バッグを　忘れました。
　　　喂？我昨天搭巴士去ϟ新宿，把皮包忘在車上了。

A：忘れ物ですか。それは　どんな　バッグですか。
　　　您遺失物品了哦。請問是什麼樣的皮包呢？

B：ピンクの　バッグです。とても　新しいです。
　　　粉紅色的皮包，還是新的。

A：大きいですか。／請問是大皮包嗎？

B：いいえ、大きく　ありません。でも、あまり　小さくも　ありません。
　　　不是，不太大，但是也不太小。

A：中に　何が　ありますか。／裡面有什麼東西呢？

B：黒い　財布です。／黑色的錢包。

A：黒い　財布ですね。ほかには。
　　　有黑色的錢包哦。其他還有什麼呢？

B：あっ、鍵も　ありました。／啊，還有鑰匙！

A：それだけですか。／只有這些嗎？

B：はい。ほかの　ものは　何も　ありません。
　　　對。沒有其他的東西了。

▶ 根據調查，最容易掉在車上的，有下面這些東西。

1 財布／錢包

6 コート／大衣

2 鍵／鑰匙

7 めがね／眼鏡

3 腕時計／手錶

8 手袋／手套

4 新聞／報紙

9 かばん／包包

5 かさ／傘

10 アタッシュ　ケース／公事包

文法重點說明

1 昨日 バスで 新宿に 行きましたが……（我昨天搭巴士去了新宿……）
「［道具］で［動詞］」表示用的交通工具，可譯作「乘坐…」；動作的方法、手段，可譯作「用…」。

トニーさんは 箸で ご飯を 食べます。（東尼先生用筷子吃飯。）
弟は 英語で 手紙を 書きます。（弟弟用英語寫信。）

2 それは どんな バッグですか。（請問是什麼樣的皮包呢？）
「［名詞］はどんな［名詞］ですか」。「どんな」後接名詞，用在詢問事物的種類、內容。可譯作「什麼樣的」。

国語の 先生は どんな 先生ですか。（國文老師是怎麼樣的老師？）
それは どんな 映画ですか。（那是什麼樣的電影？）

3 とても 新しいです。（還是新的。）
「［形容詞］です」。形容詞是說明客觀事物的性質、狀態的詞。分成い形容詞與な形容動詞，い形容詞的詞尾是「い」，「い」的前面是詞幹。也因為這樣形容詞又叫「い形容詞」。い形容詞主要是由名詞或具有名性質的詞加「い」或「しい」構成的。例如：「赤い」（紅的）、「楽しい」（快樂的）。

　　な形容詞又叫「形容動詞」因為它具有形容詞和動詞的雙重性格。但它的意義和作用跟形容詞完全相同。な形容詞的詞尾是「だ」。な形容詞連接名詞時，要將詞尾「だ」變成「な」，所以叫「な形容詞」。な形容詞的現在肯定式中的「です」，是詞尾「だ」的敬體。

ここは 緑が 多いです。（這裡綠意盎然。）
花子の 部屋は きれいです。（花子的房間很漂亮。）

「とても」（非常）是表示程度的副詞。

この ケーキは とても おいしいです。（這蛋糕很好吃。）

4 いいえ、大きく ありません。（不是，不太大。）
「［い形容詞］くありません（くないです）」。い形容詞的否定式是將詞尾「い」轉變成「く」，然後再加上「ない」或「ありません」。後面加上「です」是敬體，是有禮貌的表現。い形容詞變化如下。

	詞幹	詞尾	現在肯定	現在否定
青い	青	い	青い	青くない
青い	青	い	青いです	青くないです
				青くありません

この　テスト は　難_{むずか}しく　ないです。（這場考試不難。）

「[な形容詞] ではありません（ではないです）」。な形容詞否定式是把詞尾「だ」變成「で」，然後中間插入「は」，最後加上「ない」或「ありません」。「ではない」後面再接「です」就成了有禮貌的敬體了。「では」的口語說法是「じゃ」。な形容詞變化如下。

	詞幹	詞尾	現在肯定	現在否定
静かだ	静か	だ	静かだ	静かではない
静かです	静か	です	静かです	静かではないです
				静かではありません

この　ホテル は　有名_{ゆうめい}では　ありません。（這間飯店沒有名氣。）

5 でも、あまり　小_{ちい}さくも　ありません。（但是也不太小。）

「あまり～ません」。「あまり」下接否定的形式，表示程度不特別高，數量不特別多。在口語中加強語氣說成「あんまり」。可譯作「（不）很」、「（不）怎樣」、「沒多少」。

この　お酒_{さけ} は　あまり　高_{たか}く　ありません。（這酒不怎麼貴。）

この　人_{ひと} は　あまり　好_すきでは　ありません。（這人我不大喜歡。）

6 中_{なか}に　何_{なに}が　ありますか。（裡面有什麼東西呢？）

「[疑問詞] が」。「が」也可以當作疑問詞的主語。

どっちが　速_{はや}いですか。（哪一邊比較快呢？）

誰_{だれ}が　来_きましたか。（誰來了？）

7 黒い　財布です。（黑色的錢包。）

「[形容詞][名詞]」。な形容詞要後接名詞，是把詞尾「だ」改成「な」，再接上名詞。這樣就可以修飾後面的名詞了。如「元気な子」（活蹦亂跳的小孩）、「きれいな人」（美麗的人）。

　　い形容詞要修飾名詞，就是把名詞直接放在形容詞後面。要注意喔！因為日語形容詞本身就有「⋯的」之意，所以不要再加「の」了喔！

きれいな　コートですね。（好漂亮的大衣呢。）
小さい　家を　買いました。（買了棟小房子。）

8 鍵も　ありました。（還有鑰匙！）

「[名詞]も」表示同性質的東西並列或列舉。可譯作「⋯也⋯」、「都⋯」。

雑誌も　本も　あります。（有雜誌也有書。）
猫も　犬も　います。（有貓也有狗。）

9 それだけですか。（只有這些嗎？）

「[名詞]だけ」表示只限於某範圍，除此以外沒有別的了。可譯作「只」、「僅僅」。

お弁当は　1つだけ　買います。（只買一個便當。）
学生は　1人だけ　います。（只有一個學生。）

10 ほかの　ものは　何も　ありません。（沒有其他的東西了。）

「なにも／どこも[動詞否定]」。「も」上接「なに、だれ、どこへ」等疑問詞，下接否定語，表示全面的否定。可譯作「也（不）⋯」、「都（不）⋯」。

今日は　何も　食べませんでした。（今天什麼也沒吃。）
昨日は　誰も　来ませんでした。（昨天沒有任何人來。）

きれいな　コートですね。（好漂亮的大衣呢。）
小さい　家を　買いました。（買了棟小房子。）

如果您想來一場夏日風情的微旅行，享受陽光與海洋的沐浴，相信沖繩會是個不錯的選擇喔！

日本旅遊報導

▶ **T 10.3** 參考圖 1 對話，跟同伴形容一下 2 跟 3 的地方。

沖縄（おきなわ）／沖繩

1 對話

A：沖縄（おきなわ）**は　どんな　ところですか。**
沖繩是什麼樣的地方？

B：とても　きれいな　ところです。
是個非常美麗的地方。

A：そうですか。にぎやかな　ところですか。
這樣啊！是熱鬧的地方嗎？

B：いいえ、あまり　にぎやかでは　ありません。静か（しず）**です。**
不，不太熱鬧，很安靜。

きれい（な）／にぎやか（な）／静か（しず）（な）
美麗／熱鬧／安靜

▶▶ 其它參考對話詳見 P153

HOW WAS YOUR SUMMER VACATION?　DID YOU ENJOY YOUR TIME OFF?...............

東京（とうきょう）／東京

おしゃれ（な）／静か（しず）（な）／にぎやか（な）
時尚／安靜／熱鬧

京都（きょうと）／京都

優雅（ゆうが）（な）／にぎやか（な）／静か（しず）（な）
優雅／熱鬧／安靜

無論是東京的時尚氣息，或京都的古都魅力，都讓人體會彷彿穿梭於現代與傳統的日本之美。

聽力練習
聞き取り練習

▶ **T 10.4** 形容哪一張圖呢？請按照MP3中 1 到 4 的順序，從ア、イ、ウ、エ選項中選出答案，填寫在劃線的地方。

1 ＿＿＿

2 ＿＿＿

3 ＿＿＿

4 ＿＿＿

 ア

 イ

 ウ

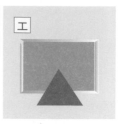 エ

▶▶ 答案詳見P153

對話練習イ
話してみよう

T 10.5 參考圖 1 對話，跟同伴形容一下 2 到 4 的這些東西，還有它們的用途。

A：それは　短_{みじか}いものですか。
那是短的東西嗎？

B：いいえ、短_{みじか}く　ありません。
長_{なが}いです。
不，不短。是長的。

A：色_{いろ}は　赤_{あか}いですか。
顏色是紅色嗎？

B：はい、そうです。それで　字_じを
書_かきます。
是的。用那個來寫字。

▶▶ 其它參考對話詳見P153

鉛筆_{えんぴつ}／鉛筆

石_{せっ}けん／肥皂

テレビ／電視

ボール／球

▶ 好好表現一下囉！請拿出自己的東西，參考上面的說法，跟同伴練習。

▶ 請閱讀以下短文，試著回答下列問題。

閱讀

なぞなぞ： それは、物と 光で できます。何の 下にも あります。色は はっきり しません。暗いです。形は いろいろです。正午ごろは あまり 大きく ありませんが、朝 早い時間や 夕方は とても 大きいです。何ですか。答え： 影

1 それは どんな ものですか。

❶ 暗い ものです。　　　　❷ 色は いろいろです。形は はっきり しません。
❸ 色も 形も いろいろです。　　❹ 何の 上にも あります。

2 それは いつ 大きいですか。

❶ 正午ごろ　　❷ 朝 早い 時間だけ

❸ 夕方だけ　　❹ 朝 早い 時間と 夕方

翻譯　　解答

謎題：那是靠物與光形成的，在任何東西下面都有。顏色並不是很清晰，暗暗的。形狀有很多種，日正當中的時候不太大，但清晨和傍晚則非常大。請問那是什麼呢？答案：影子。

1 那是什麼東西呢？

❶ 暗色的東西。　　　　❷ 顏色有很多種。形狀不是很清晰。
❸ 顏色跟形狀都很多種。　❹ 在任何東西上面都有。

2 那個什麼時候是大的呢？

❶ 日正當中的時候　❷ 只有清晨　❸ 只有傍晚　❹ 清晨及傍晚

答案：1、1、2、4

Lesson 10
N5單字總整理！

剛上完一課，快來進行單字總復習！
在日檢考試前，幫您做好萬全準備！

● 暖かい／温かい
（溫暖的，溫和的）

● 危ない
（危險，不安全）

● 痛い
（疼痛）

● 可愛い
（可愛，討人喜愛）

● 楽しい
（快樂，愉快）

● 無い
（沒，沒有）

● 早い
（〈時間等〉迅速）

● 丸い／円い
（圓形，球形）

● 安い（便宜）

● 若い
（年輕，年紀小）

顔色

● 青い
（藍色的；綠的）

● 白い
（白色的；空白）

● 赤い
（紅色的）

● 茶色
（茶色）

● 黄色い
（黃色，黃色的）

● 緑
（綠色）

● 黒い
（黑色的）

● 色
（顏色，彩色）

文具

お金（錢，貨幣）

ボールペン【ball-point pen】
（原子筆，鋼珠筆）

万年筆（鋼筆）

コピー【copy】
（拷貝，複製）

字引（字典，辭典）

ペン【pen】
（原子筆，鋼筆）

新聞（報紙）

本（書，書籍）

ノート【notebook】
（筆記本；備忘錄）

鉛筆（鉛筆）

辞書
（字典，辭典）

雑誌
（雜誌，期刊）

紙（紙）

● 熱い（〈溫度〉熱的，燙的）

● 冷たい（冷，涼）

● 新しい（新的；新鮮的）

● 古い（以往；老舊）

● 厚い（厚；〈感情，友情〉深厚）

● 薄い（薄；淡，淺）

● 甘い（甜的）

● 辛い／鹹い（辣，辛辣）

● 良い／良い（好，佳；可以）

● 悪い（不好，壞的）

● 忙しい（忙，忙碌）

● 暇（時間，功夫）

● 嫌い（嫌惡，厭惡）

● 好き（喜好，愛好；愛）

● 美味しい（美味的，可口的，好吃的）

● 不味い（不好吃）

● 多い（多，多的）

● 少ない（少，不多）

● 大きい（大，巨大）

● 小さい（小的；幼小的）

● 重い（重，沉重）

● 軽い（輕的，輕巧的）

● 面白い（好玩，有趣）

● つまらない（無趣 沒意思）

● 汚い（骯髒）

● 綺麗（漂亮；整潔）

● 静か（靜止；平靜）

● 賑やか（熱鬧，繁華）

● 上手（〈某種技術等〉擅長 高明）

● 下手（〈技術等〉不高明，不擅長）

● 狭い（狹窄，狹小）

● 広い（〈面積，空間〉廣大，寬廣）

● 高い（〈價錢〉貴；高的）

● 低い（低，矮）

● 近い（〈距離，時間〉近，接近）

● 遠い（〈距離〉遠）

● 強い（強悍，有力）

● 弱い（弱的，不擅長）

● 長い（〈時間、距離〉長）

● 短い（〈時間〉短少；〈長度等〉短）

● 太い（粗，肥胖）

● 細い（細小；狹窄）

● 難しい（難，困難）

● やさしい（簡單，容易）

● 明るい（明亮，光明的）

● 暗い（〈光線〉暗，黑暗）

● 速い（〈速度等〉快速）

● 遅い（〈速度上〉遲緩；〈時間上〉晚）

● 嫌（討厭，不喜歡）

● 色々（各種各樣）

● 同じ（相同的）

● 結構（很好，漂亮）

● 元気（精神，朝氣）

● 丈夫（〈身體〉健康；堅固）

● 大丈夫（沒問題，沒關係）

● 大好き（非常喜歡，最喜好）

● 大切（重要；心愛）

● 大変（重大，不得了）

● 便利（方便，便利）

● 本当（真正）

● 有名（有名，聞名）

● 立派（了不起，優秀）

129

模擬考題

一、文字、語彙問題

もんだい1 ＿＿の ことばは ひらがな、カタカナや かんじで どう かきますか。
1・2・3・4から いちばん いいものを ひとつ えらんで ください。

① おちゃは 茶色では ありません。みどりいろです。
1 ちいろ　　　　　2 ちゃいろ　　　　3 ちやいろ　　　　4 ちっしょく

② あたらしい 万年筆で にっきを かきます。
1 まんえんひつ　　2 まんねんふで　　3 まんねんびつ　　4 まんねんひつ

③ ドイツごの じゅぎょうは とても 難しいです。
1 むすかしい　　　2 むづがしい　　　3 むじかしい　　　4 むずかしい

④ この おちゃは あついです。
1 厚い　　　　　　2 暑い　　　　　　3 熱い　　　　　　4 温い

⑤ すみません、もくようびの しんぶんが ありますか。
1 新聞　　　　　　2 報紙　　　　　　3 新聞　　　　　　4 新文

⑥ あたらしい のーとに じぶんの なまえを かきました。
1 スート　　　　　2 ヌート　　　　　3 ンート　　　　　4 ノート

もんだい2 ＿＿＿＿＿の ぶんと だいたい おなじ いみの ぶんが あります。1・2・3・4から いちばん いいものを ひとつ えらんで ください。

① あしたの あさは いそがしいですが、ひるからは ひまです。
1 あしたは ごぜんも ごごも じかんが あります。
2 あしたは ごぜんも ごごも じかんが ありません。
3 あしたの ごぜんは じかんが ありますが、ごごは じかんが ありません。
4 あしたの ごぜんは じかんが ありませんが、ごごは じかんが あります。

② この かわの みずは きたないです。
1 この かわの みずは きれいでは ありません。
2 この かわの みずは つめたいです。
3 この かわの みずは おいしく ありません。
4 この かわの みずは あたたかいです。

二、文法問題

もんだい1　（　　　）に　何を　入れますか。1・2・3・4から　いちばん　いいもの
を　一つ　えらんで　ください。

① もっと　（　　　）　こえで　はなします。
1　おおきいです　　　2　おおきく　　　　　3　おおきい　　　　　4　おおきいの

② ジョンさん（　　）　アンナさん（　　　）　アメリカ人です。
1　と／と　　　　　2　も／も　　　　　3　か／か　　　　　4　は／は

③ 田中は　べんきょうして　（　　　）　いしゃに　なりました。
1　まっすぐな　　　　2　きれいな　　　　3　りっぱな　　　4　だいじょうぶな

④ A「きのう　デパートで　何を　買いましたか。」
B「きのうは　（　　　）　買いませんでした。」

1　何か　　　　　　2　何を　　　　　　3　何も　　　　　4　何が

⑤ れいぞうこに　ケーキが　1つ（　　　）　あります。
1　だけ　　　　　2　しか　　　　　3　など　　　　　4　から

⑥ A「きのうの　えいがは　どうでしたか。」
B「あまり　（　　　）。」

1　おもしろいです　　　　　2　おもしろかったです
3　おもしろくないです　　　4　おもしろく　なかったです

⑦ A「あたらしい　いえは　どうですか。」
B「あたらしい　いえは　えきの　ちかくです。とても　（　　　）です。」

1　べんり　　　　　2　ひま　　　　　3　じょうず　　　　4　いろいろ

もんだい2　＿＿★＿＿に　入る　ものは　どれですか。1・2・3・4から　いちばん　い
いものを　一つ　えらんで　ください。

① A「ここ　＿＿＿＿　＿＿＿＿　＿★＿　＿＿＿＿　で　かきます。」
B「わかりました。」
1　名前　　　2　に　　　3　えんぴつ　　　4　を

② A「きの　うえ　＿＿＿＿　＿＿＿＿　＿★＿　＿＿＿＿　いますよ。」
B「きれいな　こえですね。」
1　に　　　　2　とり　　　3　が　　　4　ちいさい

11

要不要一起去洗溫泉呢？

王さんも　いっしょに　行きませんか。

看圖記單字
絵を見て覚えよう

▶ **T 11.1** 聽聽看！再大聲唸出來

練習しよう

1	山／山	5	滝／瀑布	9	神社／神社
2	海／海	6	田んぼ／稲田	10	城／城（堡）
3	川／河川	7	野原／原野	11	庭／庭院
4	湖／湖	8	お寺／寺廟	12	港／港口

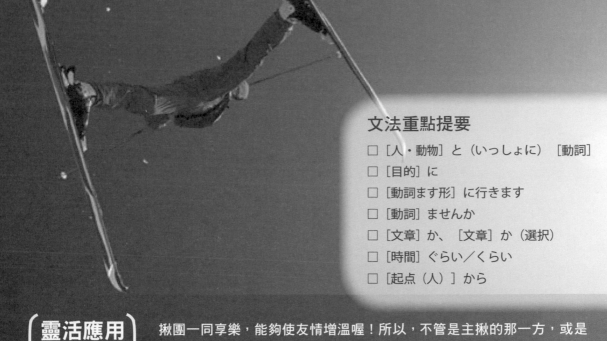

文法重點提要

☐ ［人・動物］と（いっしょに）［動詞］
☐ ［目的］に
☐ ［動詞ます形］に行きます
☐ ［動詞］ませんか
☐ ［文章］か、［文章］か（選択）
☐ ［時間］ぐらい／くらい
☐ ［起点（人）］から

［靈活應用］
応用編　揪團一同享樂，能夠使友情增溫喔！所以，不管是主揪的那一方，或是被邀請的人，正在學日語的您，一定要學會用日語邀請別人的說法喔！

▶ **T 11.2**　要怎麼用日語邀請別人呢？請參考下面的對話，跟同伴多多練習囉！

A：早瀬さんと　ツアーで　遊びに　行きます。王さんも　いっしょに　行きませんか。

我要和早瀬小姐參加旅行團去玩。王小姐要不要和我們一塊去？

B：何の　ツアーですか。

什麼樣的旅行團呢？

A：スキーの　ツアーです。仙台駅前から　出発します。

滑雪旅行團。在仙台車站前面集合出發。

B：いいですね。いつですか。

聽起來真不錯。什麼時候呢？

A：今週の　週末です。土曜日が　いいですか、日曜日が　いいですか。時間は、10時間ぐらいです。

這個週末。星期六比較好？還是星期天比較好呢？時間是十點左右。

B：あっ、土曜日は　ちょっと……。

啊，我星期六不太方便……。

A：では、日曜日は　どうですか。

那麼，星期天可以嗎？

B：日曜日は　オーケーです。

星期天我OK。

A：では、日曜日に　行きましょう。早瀬さんには　僕から　言います。

那麼，我們星期天一起去吧。早瀬小姐那邊由我跟她說一聲。

日曜日はオーケーです。

文法重點說明

1 早瀬さんと ツアーで 遊びに 行きます。（我要和早瀬小姐參加旅行團去玩。）

「［人・動物］と（いっしょに）［動詞］」表示一起去做某事的對象。「と」前面是一起動作的人。可譯作「跟…一起」。也可以省略「いっしょに」。

日曜日は 母と 出かけました。（星期日跟媽媽一起出門了。）

「［目的］に」表示動作、作用的目的、目標。一般用「［動詞ます形］に行きます」這一句型。可譯作「去…」、「到…」。

お酒を 飲みに 行きます。（去喝酒。）

2 王さんも いっしょに 行きませんか。（王小姐要不要和我們一塊去？）

「［動詞］ませんか」表示行為、動作是否要做，在尊敬對方抉擇的情況下，有禮貌地勸誘對方，跟自己一起做某事。可譯作「要不要…吧」。

今晩、食事に 行きませんか。（今晩要不要一起去吃飯？）

3 土曜日が いいですか、日曜日が いいですか。（星期六比較好？還是星期天比較好呢？）

「［文章］か、［文章］か」表示從不確定的兩個事物中，選出一樣來。可譯作「是…，還是…」。

アリさんは インド人ですか、アメリカ人ですか。
（阿里先生是印度人？還是美國人？）

ラーメンは おいしいですか、まずいですか。（拉麵好吃？還是難吃？）

4 時間は、10時間ぐらいです。（時間是十點左右。）

「［時間］ぐらい／くらい」表示時間上的推測、估計。可譯作「大約」、「左右」。

20分ぐらい 話しました。（聊了20分鐘左右。）

昨日は 6時間ぐらい 寝ました。（昨天睡了六小時左右。）

5 早瀬さんには 僕から 言います。（早瀬小姐那邊由我跟她說一聲。）

「［起点（人）］から」表示從某對象借東西、從某對象聽來的消息，或從某對象得到東西等。「から」前面就是這某對象。可譯作「從…」、「由…」。

山田さんから 時計を 借りました。（我向山田先生借了手錶。）

對話練習ア
話してみよう

▶ **T 11.3**　日本整年都有各式各樣的慶典，很值得去的喔！請參考圖1對話，然後跟同伴練習圖2到7。

A：京都で、祇園祭が　あります。いっしょに　行きませんか。

　　在京都有祇園祭，要不要一起去看？

B：祇園祭ですか。いいですね。いつですか。

　　祇園祭啊！真不錯，什麼時候？

A：7月1日です。

　　7月1日。

B：それなら、大丈夫です。

　　那沒問題。

▶▶ 其它參考對話詳見P154

1 京都／祇園祭／7月1日	5 東京／神田祭／5月14日
2 秋田／竿灯祭／8月3日	6 仙台／七夕祭り／8月6日
3 札幌／雪祭り／2月1日	7 青森／ねぶた祭／8月1日
4 徳島／阿波踊り／8月12日	

▶ 您想去什麼地方呢？參考上面的對話，跟同伴好好練習喔！

假日去哪裡？
休みの日は何をしますか

▶ 您假日都去哪裡呢？請在對話框內打勾。

□ ショッピング
／購物

□ カラオケ
／KTV，卡拉 OK

りょこう
□ 旅行／旅行

□ デート／約會

休閒園區　站

對話練習イ
話してみよう

▶ **T 11.4**　接受邀請的說法。請參考圖 1 對話，然後跟同伴練習 2 和 3。

A：いっしょに　温泉に　行きませんか。

　　要不要一起去洗溫泉？

B：ああ、温泉ですか、いいですね。

　　啊！溫泉！好啊！

A：土曜日は　どうですか。

　　星期六如何？

B：土曜日ね、オーケー。楽しみに　して　います。

　　星期六，OK。真叫人期待。

1　温泉／土曜日
　　温泉／星期六

しあわせ温泉

雙人優惠票券

2

テニスを　します／日曜日
打網球／星期日

Note

3

映画を　見ます／金曜日の　夜
看電影／星期五晚上

Note

金鑽影城
DIAMOND
5樓　8廳
片名　おはよう　東京
時間　2013/8/8　19:30(五)
座位　8 排　15 號
票價　270
放映日期　2013/08/08
NO. L123456789

票價　270

放映日期　2013/08/08
NO. L123456789

▶▶ 其它參考對話詳見P154

▶ T 11.5　拒絕邀請的說法。請參考圖 1 對話，然後跟同伴練習 2 的部份。

食事を　します（吃飯）

水泳の　練習／ピアノの
レッスン（游泳練習／鋼琴課）

妹と　映画を　見ます
（跟妹妹看電影）

　男：花子さん、ちょっと、いっしょに
　　　食事を　しませんか。
　　　花子，要不要一起去吃個飯？

　女：ああ、すみません、今日は　ちょっと……。
　　　啊！很抱歉，今天有點不方便……。

　男：水泳の　練習ですか。それとも
　　　ピアノの　レッスンですか。
　　　要練習游泳？還是上鋼琴課？

　女：いいえ、今日は　妹と　映画を　見に
　　　行きます。
　　　不是啦！我今天要和妹妹去看電影啦！

你也練習看看！

カラオケで　歌います
（到 KTV 唱歌）

残業／買い物（加班／購物）

彼と　ライブを　見ます
（跟男朋友看演唱會）

Note

Ⓐ

Ⓑ

Ⓐ

Ⓑ

▶▶ 其它參考對話詳見P154

造句練習
書いてみよう

▶ 這些句子都亂了，請把它們按照順序排好。

1. に　しません　か　いっしょ　を　食事（しょくじ）

___

2. か　か　練習（れんしゅう）　ピアノ　です　の　の　水泳（すいえい）　レッスン　です　それとも

___

3. で　あります　青森（あおもり）　ねぶた祭（まつり）　が

___

▶▶ 答案詳見P155

▶ 請閱讀以下短文，試著回答下列問題。

閱讀

　　今度、うちの　会社の　食堂へ　食事に　来ませんか。定食が　好きですか、それとも　ラーメンが　好きですか。両方あります。私は、いつも　同僚と　定食を　食べます。とても　おいしいですよ。値段も　安いです。でも、同僚から、ラーメンもおいしいと　聞きました。だから、明日は　ラーメンを　食べに　行きます。

1 この　人は　会社の　食堂で　何を　食べますか。

❶いつも　定食を　食べます。明日も　定食を　食べます。

❷いつも　定食を　食べますが、明日は　ラーメンを　食べます。

❸いつも　ラーメンを　食べます。明日も　ラーメンを　食べます。

❹いつもは　ラーメンを　食べますが、明日は　定食を　食べます。

2 ただしい　ものは　どれですか。

❶会社の　食堂の　定食は　安いです。そして、おいしいです。

❷会社の　食堂の　定食は　安いです。でも、おいしくありません。

❸会社の　食堂の　定食は　高いです。でも、おいしいです。

❹会社の　食堂の　定食は　高いです。そして、おいしくありません。

翻譯 **解答**

　　下次要不要來我們公司的員工餐廳用餐呢？您喜歡定食，還是偏好拉麵呢？這兩樣都有。我經常和同事一起來吃定食，非常好吃喔！價錢也很便宜。不過，聽同事說，拉麵也很好吃。所以，我明天要去吃拉麵。

1 這個人在公司的員工餐廳都吃什麼呢？

❶ 經常吃定食。明天也要吃定食。　　❷雖然經常吃定食，但明天要吃拉麵。

❸ 經常吃拉麵。明天也要吃拉麵。　　❹ 雖然經常吃拉麵，但明天要吃定食。

2 下列何者是正確的呢？

❶ 公司員工餐廳的定食很便宜。而且，很好吃。

❷ 公司員工餐廳的定食很便宜。但是，不好吃。

❸ 公司員工餐廳的定食很貴。但是，很好吃。

❹ 公司員工餐廳的定食很貴。而且，不好吃。

答案：1 2、2 1

Lesson 11

N5單字總整理！

剛上完一課，快來進行單字總復習！
在日檢考試前，幫您做好萬全準備！

空（天空，空中）

山（山；一大堆）

川／河（河川，河流）

海（海，海洋）

岩（岩石）

木（樹木；木材）

鳥（鳥；雞）

犬（狗）

猫（貓）

花（花）

魚（魚）

動物（動物）

141

模 擬 考 題

一、文字、語彙問題

もんだい1＿＿の ことばは ひらがな、カタカナや かんじで どう かきますか。
1・2・3・4から いちばん いいものを ひとつ えらんで ください。

① これから 魚を かいに いきます。
　　1 ざかな　　　　　2 さかな　　　　　3 さっかな　　　　4 ざっかな

② なつやすみに こどもと 動物えんに いくのを たのしみに しています。
　　1 どうふつ　　　　2 どうぶち　　　　3 どうぶつ　　　　4 とうぶつ

③ この 山には さくらの きが たくさん あります。
　　1 うみ　　　　　　2 まち　　　　　　3 やま　　　　　　4 かわ

④ にしの そらが あかいです。
　　1 宮　　　　　　　2 空　　　　　　　3 宝　　　　　　　4 実

⑤ わたしの いぬは あしが しろいです。
　　1 魚　　　　　　　2 鳥　　　　　　　3 猫　　　　　　　4 犬

⑥ この いわは おもいです。
　　1 岩　　　　　　　2 石　　　　　　　3 椅子　　　　　　4 机

もんだい2 ＿＿＿＿の ぶんと だいたい おなじ いみの ぶんが あります。1・2・
3・4から いちばん いいものを ひとつ えらんで ください。

① あそこに ペットが います。
　　1 あそこに いぬや ねこなどが います。

　　2 あそこに りんごや バナナなどが います。

　　3 あそこに コーヒーや こうちゃなどが います。

　　4 あそこに シャツや ズボンなどが います。

② せんげつ はなこさんは たろうさんと けっこんしました。
　　1 いま はなこさんは たろうさんの おかあさんです。
　　2 いま はなこさんは たろうさんの おねえさんです。
　　3 いま はなこさんは たろうさんの おくさんです。
　　4 いま はなこさんは たろうさんの おばさんです。

二、文法問題

もんだい1 （　　）に　何を　入れますか。1・2・3・4から　いちばん　いいもの
を　一つ　えらんで　ください。

① 西田「大原さんは　きのう　何を　しましたか。」
大原「きのうは　デパートへ　買いもの（　　　）　行きました。

1 に　　　　2 で　　　　3 が　　　　4 を

② A「なつやすみに　友だち（　　　）　いっしょに　うみへ　行きました。」
B「それは　よかったですね。」

1 で　　　　2 は　　　　3 へ　　　　4 と

③ A「てんきが　いいです。こうえんへ　（　　　　）ませんか。」
B「いいですね。」

1 いき　　　2 いく　　　3 いった　　4 いって

④ きのう　東京の　あね（　　　）　てがみが　来ました。
1 を　　　　2 と　　　　3 まで　　　4 から

⑤ あしたの　よる　じかんが　ある（　　）　ない（　　）　まだ　わかりません。
1 と／と　　2 も／も　　3 か／か　　4 や／や

⑥ けさは、30分 ＿＿＿ バスに　乗りました。
1まで　　　　2でも　　　　3ごろ　　　　4ぐらい

もんだい2 ＿＿★＿＿に　入る　ものは　どれですか。1・2・3・4から　いちばん
いいものを　一つ　えらんで　ください。

① 田中「こんやは　何を　しますか。」
山田「かのじょ ＿＿＿＿ ＿＿＿＿ ＿★＿ ＿＿＿＿ をみに　いきます。」

1 えいが　　　　2 に　　　　3 と　　　　4 いっしょ

② 山川「あした　パーティーが　ありますよ。＿＿＿＿ ＿＿＿＿ ＿★＿ ＿＿＿＿。」
石田「すみません。あしたは　ちょっと……。」

1 石田さん　　　2 か　　　3 行きません　　　4 も

參考對話／翻譯／解答

Chapter 1

看圖記單字

1 カナダ／加拿大
2 イギリス／英國
3 ドイツ／德國

自我介紹聽寫練習

1 私は 林志明です。台湾から 来ました。どうぞ
よろしく お願いします。
／我是林志明。我來自台灣。請多指教。

2 リンダ・ミラーです。イギリスから 来まし
た。よろしく お願いします。
／我是琳達米勒。我來自英國。請多指教。

3 青木明です。日本から 来ました。よろしく
お願いします。
／我是青木明。我來自日本。請多指教。

認識大家

答案：A－4、C－2、B－1、D－3

A A：王玲さんは 中国人ですか。
／王玲小姐是中國人嗎？
B：はい。中国の 北京から 来ました。
／是的。我來自中國的北京。
A：私は 日本の 東京から 来ました。
／我來自日本的東京。

B A：カナさんは アフリカ人ですか。
／加納先生是非洲人嗎？
B：はい。アフリカの ケニアから 来ました。
／是的。我來自非洲的肯亞。
A：私は アメリカの ニューヨークから 来ま
した。
／我來自美國的紐約。

C A：スミスさんは アメリカ人ですか。
／史密斯先生是美國人嗎？
B：はい。アメリカの ニューヨークから 来ま
した。
／是的。我來自美國的紐約。

A：私は 中国の 北京から 来ました。
／我來自中國的北京。

D A：山田さんは 日本人ですか。
／山田小姐是日本人嗎？
B：はい。日本の 東京から 来ました。
／是的。我來自日本的東京。
A：私は アフリカの ケニアから 来ました。
／我來自非洲的肯亞。

Chapter 2

認識新朋友

1 お名前は？ 佐藤ゆりです。
／您的大名是？ 我叫佐藤百合。

2 お国は？ 日本です。
／您的國籍是？ 日本。

3 お仕事は？ 学生です。
／您從事什麼行業？ 我是學生。

4 お住まいは？ 横浜です。
／您住在哪裡？ 橫濱。

填填看

1 佐藤さんは 日本人ですか。
／佐藤小姐是日本人嗎？
はい、日本人です。
／是的，是日本人。

2 佐藤さんは 店員ですか。
／佐藤小姐是店員嗎？
いいえ、店員では ありません。学生です。
／不，不是店員，是學生。

3 佐藤さんの お住まいは 東京ですか。
／佐藤小姐住東京嗎？
いいえ、東京では ありません。横浜です。
／不，不是住東京，是住橫濱。

Chapter 3

聽力練習ア

これは 私の ねこです。
／這是我的貓。

この ソファーは 私のです。
／這個沙發是我的。

それは 私の かばんです。
／那是我的包包。

その 携帯は 私のです。
／那手機是我的。

それは 私の 本です。
／那是我的書。

その テレビは 私のです。
／那台電視是我的。

あれは 池です。
／那是人造池塘。

あれは 花と 鳥です。
／那是花跟鳥。

聽力練習イ

答案：

1	ぞう	5	とら
2	キリン	6	ねこ
3	にわとり	7	うさぎ
4	犬	8	さる

1 これは ぞうですか。
／這是大象嗎？

はい、そうです。
／是的。沒錯。

2 あれは 馬ですか。
／那是馬嗎？

いいえ、馬では ありません、キリンです。
／不，不是馬，是長頸鹿。

3 これは にわとりですか。
／這是雞嗎？

はい、そうです。
／是的。沒錯。

4 これは 豚ですか。
／這是豬嗎？

いいえ、豚では ありません、犬です。
／不，不是豬，是隻狗。

5 これは ライオンですか。
／這是獅子嗎？

いいえ、ライオンでは ありません、とらです。
／不，不是獅子，是隻老虎。

6 あれは ねこですか。
／那是貓嗎？

はい、そうです。
／是的。沒錯。

7 あれは さるですか。
／那是猴子嗎？

いいえ、さるでは ありません、うさぎです。
／不，不是猴子，是隻兔子。

8 あれは さるですか。
／那是猴子嗎？

はい、そうです。
／是的。沒錯。

造句練習

1 それは 花子の ギターです。
／那是花子的吉他。

2 その テーブルは 太郎のです。
／那張桌子是太郎的。

3 あれは 花瓶と カーテンです。
／那是花瓶和窗簾。

Chapter 4

對話練習ア

● A：あの 人は だれですか。
／那個人是誰？
B：高橋さんです。
／是高橋小姐。
A：高橋さんは 先生ですか。
／高橋小姐是老師嗎？
B：はい、そうです。
／是的，沒錯。

● A：あの 人は だれですか。
／那個人是誰？
B：石川さんです。
／是石川先生。
A：石川さんは 店員ですか。
／石川先生是店員嗎？
B：はい、そうです。
／是的，沒錯。

● A：あの　人は　だれですか。
　　／那個人是誰？
　　B：青木さんです。
　　／是青木先生。
　　A：青木さんは　会社員ですか。
　　／青木先生是上班族嗎？
　　B：はい、そうです。
　　／是的，沒錯。

● A：あの　人は　だれですか。
　　／那個人是誰？
　　B：小林さんです。
　　／是小林先生。
　　A：小林さんは　警察官ですか。
　　／小林先生是警察嗎？
　　B：はい、そうです。
　　／是的，沒錯。

● A：あの　人は　だれですか。
　　／那個人是誰？
　　B：橋本さんです。
　　／是橋本先生。
　　A：橋本さんは　学生ですか。
　　／橋本先生是學生嗎？
　　B：はい、そうです。
　　／是的，沒錯。

● A：あの　人は　だれですか。
　　／那個人是誰？
　　B：渡辺さんです。
　　／是渡邊女士。
　　A：渡辺さんは　医者ですか。
　　／渡邊女士是醫生嗎？
　　B：はい、そうです。
　　／是的，沒錯。

● A：あの　人は　だれですか。
　　／那個人是誰？
　　B：中村さんです。
　　／是中村先生。
　　A：中村さんは　記者ですか。
　　／中村先生是記者嗎？
　　B：はい、そうです。
　　／是的，沒錯。

對話練習イ

2　A：姉は　事務員です。
　　／我姐姐是事務員。
　　B：お姉さんの　会社は　どちらですか。
　　／令姐在哪家公司服務？

　　A：大原組です。
　　／大原組。
　　B：何の　会社ですか。
　　／是什麼樣的公司呢？
　　A：建設の　会社です。
　　／是建設公司。

3　A：兄は　セールスマンです。
　　／我哥哥是推銷員。
　　B：お兄さんの　会社は　どちらですか。
　　／令兄在哪家公司服務？
　　A：朝日自動車製作所です。
　　／朝日汽車製造工廠。
　　B：何の　会社ですか。
　　／是什麼樣的公司呢？
　　A：車の　会社です。
　　／是汽車公司。

4　A：妹は　会社員です。
　　／我妹妹是公司職員。
　　B：妹さんの　会社は　どちらですか。
　　／令妹在哪家公司服務？
　　A：ふじ株式会社です。
　　／富士股份有限公司。
　　B：何の　会社ですか。
　　／是什麼樣的公司呢？
　　A：コンピューターの　会社です。
　　／是電腦公司。

Chapter 5

數字、價錢

B.　答案
　せんえん／ 1,000 日圓
　さんぜんえん／ 3,000 日圓

C.　答案
　1　ピザ（2,000 円）
　2　カメラ（10,000 円）
　3　げた（2,700 円）
　4　ビール（350 円）
　5　トマト（300 円）
　6　携帯電話（4,000 円）
　7　コンピューター（90,000 円）
　8　すいか（500 円）

聽力練習　*灰色色塊處為答案

1　A：それは、アメリカの　車ですか。
　　／那是美國的車嗎？

B：いいえ、違（ちが）います。
／不，不是的。

A：では、どこの　車（くるま）ですか。
／那麼，是哪裡的車子呢？

B：ドイツのです。
／德國的。

2　A：それは、日本（にほん）の　りんごですか。
／那是日本的蘋果嗎？

B：いいえ、違（ちが）います。
／不，不是的。

A：では、どこの　りんごですか。
／那麼，是哪裡的蘋果呢？

B：アメリカのです。
／美國的。

3　A：それは、東京（とうきょう）の　牛肉（ぎゅうにく）ですか。
／那是東京的牛肉嗎？

B：いいえ、違（ちが）います。
／不，不是的。

A：では、どこの　牛肉（ぎゅうにく）ですか。
／那麼，是哪裡的牛肉呢？

B：神戸（こうべ）のです。
／神戸的。

4　A：それは、ドイツの　ワインですか。
／那是德國的葡萄酒嗎？

B：いいえ、違（ちが）います。
／不，不是的。

A：では、どこの　ワインですか。
／那麼，是哪裡的葡萄酒呢？

B：スペインのです。
／西班牙的。

5　A：それは、スペインの　ピザですか。
／那是西班牙的披薩嗎？

B：いいえ、違（ちが）います。
／不，不是的。

A：では、どこの　ピザですか。
／那麼，是哪裡的披薩呢？

B：イタリアのです。
／義大利的。

6　A：それは、イタリアの　パンですか。
／那是義大利的麵包嗎？

B：いいえ、違（ちが）います。
／不，不是的。

A：では、どこの　パンですか。
／那麼，是哪裡的麵包呢？

B：フランスのです。
／法國的。

7　A：それは、アメリカの　ノートパソコンですか。
／那是美國的筆記型電腦嗎？

B：いいえ、違（ちが）います。
／不，不是的。

A：では、どこの　ノートパソコンですか。
／那麼，是哪裡的筆記型電腦呢？

B：韓国（かんこく）のです。
／韓國的。

8　A：それは、タイの　米（こめ）ですか。
／那是泰國的米嗎？

B：いいえ、違（ちが）います。
／不，不是的。

A：では、どこの　米（こめ）ですか。
／那麼，是哪裡的米呢？

B：日本（にほん）のです。
／日本的。

對話練習

2　A：ここは　どこですか。
／這裡是哪裡呢？

B：ここは　駅（えき）です。
／這裡是車站。

A：入（い）り口（ぐち）は　どこですか。
／入口在哪裡呢？

B：そちらです。
／在那裡。

3　A：ここは　どこですか。
／這裡是哪裡呢？

B：ここは　デパートです。
／這裡是百貨公司。

A：トイレは　どこですか。
／廁所在哪裡呢？

B：こちらです。
／在這裡。

4　A：ここは　どこですか。
／這裡是哪裡呢？

B：ここは　教室（きょうしつ）です。
／這裡是教室。

A：田中（たなか）さんは　どこですか。
／田中同學在哪裡呢？

B：あちらです。
／在那裡。

造句練習

1. 這是哪裡的苦瓜呢？

A：これは <u>九州の 苦瓜</u>ですか。
／這是九州的苦瓜嗎？

B：いいえ、<u>沖縄</u>のです。
／不，是沖繩的。

A：いくらですか。
／多少錢？

B：<u>100 円</u>です。
／100 日圓。

2. 這些花要多少錢呢？

A：すみません、<u>この 花</u>は いくらですか。
／請問，這朵花多少錢？

B：<u>２５０ 円</u>です。
／250 日圓。

A：<u>これ</u>は どこの 花ですか。
／這是哪裡的花？

B：<u>オランダ</u>のです。
／荷蘭的。

A：<u>これ</u>を ください。
／那，給我這個。

Chapter 6

聽力練習

A.

日	一	二	三	四	五	六
日曜日	月曜日	火曜日	水曜日	木曜日	金曜日	土曜日

C.

5. 今は <u>9時</u>です。
／現在是 9 點。

6. 今は <u>9時 ４５分</u>です。
／現在是 9 點 45 分。

7. 今は <u>10時 15分</u>です。
／現在是 10 點 15 分。

8. 今は <u>9時 30分</u>です。
／現在是 9 點 30 分。

充實的一天

1. 中山さんは 毎朝<u>7時</u>に 起きます。
／中山小姐每天早上 7 點起床。

2. <u>7時 ４５分</u>に 朝ご飯を 食べます。
／7 點 45 分吃早餐。

3. <u>8時 15分</u>に 家を 出ます。
／8 點 15 分出門。

4. 会社は <u>9時</u>から <u>6時</u>までです。
／公司上班是九點到六點。

5. <u>12時30分過ぎ</u>に 昼ご飯を 食べます。
／過了 12 點 30 分吃午餐。

6. <u>8時 15分</u>から 運動します。
／8 點 15 分開始運動。

7. お風呂は <u>10時頃</u>に 入ります。
／10 點左右洗澡。

8. <u>11時</u>から <u>11時 15分</u>まで テレビを 見ます。
／11 點到 11 點 15 分看電視。

9. 夜、<u>12時頃</u>に 寝ます。
／晚上，12 點左右睡覺。

10 おとといは、<u>12時</u>に 寝ました。
／前天 12 點就寢。

11 ゆうべは <u>寝ませんでした</u>。
／昨天徹夜未眠。

對話練習

1. 對話

A：はい、花美容院です。
／您好，這裡是花美容院。

B：すみませんが、そちらは 何時から 何時まで ですか。
／請問，你們是幾點到幾點？

A：10時から 8時までです。
／10 點到 8 點。

B：土曜日は 何時までですか。
／星期六到幾點？

A：8時です。
／8 點。

B：休みは 何曜日ですか。
／星期幾休息？

A：水曜日です。
／星期三。

B：どうも。
／謝謝！

2. 對話

A：はい、一郎レストランです。
／您好，這裡是一郎餐廳。

B：すみませんが、そちらは　何時_{なんじ}から　何時_{なんじ}まで
　　ですか。
／請問，你們是幾點到幾點？
A：11時_{じゅういちじ}から　12時_{じゅうにじ}までです。
／ 11 點到 12 點。
B：金曜日_{きんようび}は　何時_{なんじ}までですか。
／星期五到幾點？
A：10時_{じゅうじ}です。
／ 10 點。
B：休み_{やす}は　何曜日_{なんようび}ですか。
／星期幾休息？
A：木曜日_{もくようび}です。
／星期四。
B：どうも。
／謝謝！

Chapter 7

聽力練習ア

B.

2　A：東京_{とうきょう}の　夏_{なつ}は　どうですか。
　　／東京的夏天（天氣）如何？
　　B：暑い_{あつ}です。
　　／炎熱。

3　A：東京_{とうきょう}の　秋_{あき}は　どうですか？
　　／東京的秋天（天氣）如何？
　　B：涼しい_{すず}です。
　　／涼爽。

4　A：東京_{とうきょう}の　冬_{ふゆ}は　どうですか？
　　／東京的冬天（天氣）如何？
　　B：寒い_{さむ}です。
　　／寒冷。

C.

2　予報士_{よほうし}：明日_{あした}の　天気_{てんき}です。明日_{あした}は　1日中_{いちにちじゅう}
　　涼しい_{すず}でしょう。午前_{ごぜん}は　曇り_{くも}ですが、午後_{ごご}
　　は　風_{かぜ}が　強い_{つよ}でしょう。
　　／氣象員：這是明天的天氣。明天一整天都是
　　涼爽的天氣。早上雖然陰天，但是下午風勢將
　　變強。

3　予報士_{よほうし}：明日_{あした}の　天気_{てんき}です。明日_{あした}は　1日中_{いちにちじゅう}
　　寒い_{さむ}でしょう。午前_{ごぜん}は　雪_{ゆき}ですが、午後_{ごご}は
　　晴れ_はでしょう。
　　／氣象員：這是明天的天氣。明天一整天都是寒
　　冷的天氣。早上雖然下雪，但是下午將會放晴。

4　予報士_{よほうし}：明日_{あした}の　天気_{てんき}です。明日_{あした}は　1日_{いちにち}
　　中_{じゅう}　暑い_{あつ}でしょう。昼間_{ひるま}は　雨_{あめ}ですが、夜_{よる}は
　　星空_{ほしぞら}でしょう。
　　／氣象員：這是明天的天氣。明天一整天都是
　　炎熱的天氣。白天雖然下雨，但是晚上將是星
　　空燦爛的天氣。

對話練習ア

2　A：北海道_{ほっかいどう}の　2月_{にがつ}は　寒い_{さむ}ですか。
　　／北海道的 2 月冷嗎？
　　B：はい、とても　寒い_{さむ}です。
　　／是的，非常冷。
　　A：6月_{ろくがつ}は　どうですか。
　　／ 6 月天氣如何呢？
　　B：涼しい_{すず}です。
　　／涼爽。
　　A：北海道_{ほっかいどう}にも　梅雨_{つゆ}が　ありますか。
　　／北海道也有梅雨季嗎？
　　B：いいえ、ありません。
　　／不，沒有。

3　A：ハワイの　9月_{くがつ}は　暑い_{あつ}ですか。
　　／夏威夷的 9 月熱嗎？
　　B：はい、とても　暑い_{あつ}です。
　　／是的，非常熱。
　　A：12月_{じゅうにがつ}は　どうですか。
　　／ 12 月天氣如何呢？
　　B：暑い_{あつ}です。ハワイは　1年中_{いちねんじゅう}　暑い_{あつ}です。
　　／炎熱。夏威夷一整年都很熱。
　　A：困り_{こま}ますね。
　　／真傷腦筋耶。
　　B：でも、ハワイでは　海_{うみ}から　風_{かぜ}が　吹いて_ふ
　　います。
　　／不過，夏威夷有風從海上吹來。

4　A：ニューヨークの　8月_{はちがつ}は　暑い_{あつ}ですか。
　　／紐約的 8 月熱嗎？
　　B：はい、とても　暑い_{あつ}です。
　　／是的，很熱。
　　A：4月_{しがつ}は　どうですか。
　　／ 4 月天氣如何呢？
　　B：涼しい_{すず}です。
　　／涼爽。
　　A：ニューヨークでも、4月_{しがつ}に　桜_{さくら}が　さきます
　　か。
　　／紐約 4 月時櫻花也會開嗎？
　　B：はい、さきます。
　　／是的，會開。

聽力練習イ

答案：4, 2, 1, 5, 3, 6

A：東京の 夏は 暑いですか。
／東京的夏天熱嗎？

B：はい、7月から 8月まで とても 暑いです。
／是的，從7月到8月都很熱。

A：日本の 夏は、北海道から 沖縄まで、どこも 暑いですか。
／日本夏季從北海道到沖繩，到處都熱嗎？

B：いいえ、北海道の 夏は 涼しいです。
／不，北海道的夏天很涼爽。

A：ハワイは どうですか。
／那夏威夷怎麼樣呢？

B：ハワイは 1年中 暑いです。
／夏威夷一整年都很熱。

對話練習イ

2　A：今日は 暖かいですね。
　　　　／今天好暖和啊！

　　　B：ええ、本当に 暖かいです。
　　　　／是啊！真是暖和！

　　　A：もうすぐ ひな祭りですね。
　　　　／女兒節就快到了。

　　　B：ひな祭りは いつですか。
　　　　／女兒節是什麼時候？

　　　A：3月3日です。
　　　　／3月3日。

　　　B：えっ、3月4日ですか。
　　　　／咦，3月4日嗎？

　　　A：いいえ、3月3日です。
　　　　／不，是3月3日。

3　A：今日は 暑いですね。
　　　　／今天好熱啊！

　　　B：ええ、本当に 暑いです。
　　　　／是啊！真是熱啊！

　　　A：もうすぐ 七夕ですね。
　　　　／七夕就快到了。

　　　B：七夕は いつですか。
　　　　／七夕是什麼時候？

　　　A：7月7日です。
　　　　／7月7日。

　　　B：えっ、8月9日ですか。
　　　　／咦，8月9日嗎？

　　　A：いいえ、7月7日です。
　　　　／不，是7月7日。

4　A：今日は 寒いですね。
　　　　／今天真冷啊！

　　　B：ええ、本当に 寒いです。
　　　　／是啊！真是冷啊！

　　　A：もうすぐ クリスマスイブですね。
　　　　／聖誕夜就快到了。

　　　B：クリスマスイブは いつですか。
　　　　／聖誕夜是什麼時候？

　　　A：12月24日です。
　　　　／12月24日。

　　　B：えっ、11月14日ですか。
　　　　／咦，11月14日嗎？

　　　A：いいえ、12月24日です。
　　　　／不，是12月24日。

Chapter 8

對話練習ア

2　A：山下さんは テニスを しますか。
　　　　／山下小姐打網球嗎？

　　　B：ええ、しますよ。
　　　　／嗯，打啊！

　　　A：どこで しますか。
　　　　／在哪裡打呢？

　　　B：市民体育館で します。
　　　　／市民體育館。

　　　A：そうですか。
　　　　／這樣啊！

3　A：山下さんは 散歩を しますか。
　　　　／山下小姐散步嗎？

　　　B：ええ、しますよ。
　　　　／嗯，散步啊！

　　　A：どこで しますか。
　　　　／在哪裡散步呢？

　　　B：公園で します。
　　　　／公園。

　　　A：そうですか。
　　　　／這樣啊！

4　A：山下さんは 日本料理を 食べますか。
　　　　／山下小姐吃日本料理嗎？

　　　B：ええ、食べますよ。
　　　　／嗯，吃啊！

　　　A：どこで 食べますか。
　　　　／在哪裡吃呢？

　　　B：料亭で 食べます。
　　　　／高級日本料理店。

　　　A：そうですか。
　　　　／這樣啊！

5　A：山下さんは　ビールを　飲みますか。
　　／山下小姐喝啤酒嗎？

　　B：ええ、飲みますよ。
　　／嗯，喝啊！

　　A：どこで　飲みますか。
　　／在哪裡喝呢？

　　B：居酒屋で　飲みます。
　　／居酒屋。

　　A：そうですか。
　　／這樣啊！

6　A：山下さんは　ケーキを　作りますか。
　　／山下小姐做蛋糕嗎？

　　B：ええ、作りますよ。
　　／嗯，做啊！

　　A：どこで　作りますか。
　　／在哪裡做呢？

　　B：家で　作ります。
　　／家裡。

　　A：そうですか。
　　／這樣啊！

聽力練習　＊灰色色塊處為答案

1　A：どんな　スポーツを　しますか。
　　／你都做些什麼運動呢？

　　B：サッカーや　テニスを　します。
　　／我都踢足球或打網球。

　　A：水泳も　しますか。
　　／也游泳嗎？

　　B：いいえ、しません。
　　／不，我不游泳。

2　A：どんな　お酒を　飲みますか。
　　／你都喝些什麼酒呢？

　　B：ビールや　ワインを　飲みます。
　　／我都喝啤酒或葡萄酒。

　　A：日本酒も　飲みますか。
　　／也喝日本酒嗎？

　　B：いいえ、飲みません。
　　／不，我不喝。

3　A：どんな　果物を　食べますか。
　　／你都吃些什麼水果呢？

　　B：ももや　ぶどうを　食べます。
　　／我都吃桃子或葡萄。

　　A：柿も　食べますか。
　　／也吃柿子嗎？

　　B：いいえ、食べません。
　　／不，我不吃。

造句練習

1. 田中さんは　お酒を　飲みますか。
／田中先生喝酒嗎？

2. ビールや　ワインを　飲みます。
／我喝啤酒或葡萄酒。

3. どんな　お酒を　飲みますか。
／都喝什麼酒呢？

4. 家で　ビールを　飲みます。
／在家喝啤酒。

對話練習イ

2　A：昼ご飯は　何を　食べますか。
　　／你中餐吃什麼？

　　B：オムレツを　食べます。
　　／我吃歐姆蛋。

　　A：何を　飲みますか。
　　／喝什麼呢？

　　B：ジュースを　飲みます。
　　／喝果汁。

　　A：どこで　食べますか。
　　／在哪裡吃呢？

　　B：会社で　食べます。
　　／在公司。

3　A：昼ご飯は　何を　食べますか。
　　／你中餐吃什麼？

　　B：すき焼きを　食べます。
　　／我吃壽喜燒。

　　A：何を　飲みますか。
　　／喝什麼呢？

　　B：お茶を　飲みます。
　　／喝茶。

　　A：どこで　食べますか。
　　／在哪裡吃呢？

　　B：家で　食べます。
　　／在家。

Chapter 9

對話練習ア

2　A：あのう、女の　人は　どこに　いますか。
　　／請問，女生在哪裡？

　　B：女の　人は　家の　外に　います。
　　／女生在家的外面。

　　A：家の　中ですね。
　　／在家的裡面啊！

B：いいえ、家の　外です。
／不是的，在家的外面。

A：あっ、どうも。
／啊，謝了！

3　A：あのう、子どもは　どこに　いますか。
／請問，小孩在哪裡？

B：子どもですか。おじいちゃんと　おばあちゃんの　間に　います。
／小孩啊！在祖父和祖母的中間。

A：おじいちゃんと　おばあちゃんの　右ですね。
／在祖父和祖母的右邊啊！

B：いいえ、おじいちゃんと　おばあちゃんの　間です。
／不是的，在祖父和祖母的中間。

A：あっ、どうも。
／啊，謝了！

聽力與對話

答案：

A.

1　銀行は　コンビニの　隣に　あります。
／銀行在便利商店的隔壁。

2　本屋は　学校の　左に　あります。
／書店在學校的左邊。

3　駐車場は　公園の　中に　あります。
／停車場在公園的裡面。

4　花屋は　映画館の　前に　あります。
／花店在電影院前面。

5　スーパーは　喫茶店と　映画館の　間に　あります。
／超市在咖啡廳跟電影院中間。

6　図書館は　デパートの　右に　あります。
／圖書館在百貨公司的右邊。

B.

2　A：すみません。この　近くに　デパートは　ありませんか。
／請問，這附近有百貨公司嗎？

B：あそこに　ありますよ。
／那裡有一間喔！

A：ああ、どこですか？
／啊，在哪裡呢？

B：郵便局と　図書館の　間です。
／在郵局跟圖書館中間。

A：ありがとう　ございます。
／謝謝您。

3　A：すみません。この　近くに　喫茶店は　ありませんか。
／請問，這附近有咖啡廳嗎？

B：あそこに　ありますよ。
／那裡有一家喔！

A：ああ、どこですか？
／啊，在哪裡呢？

B：スーパーの　左です。
／在超市的左邊。

A：ありがとう　ございます。
／謝謝您。

4　A：すみません。この　近くに　ホテルは　ありませんか。
／請問，這附近有飯店嗎？

B：あそこに　ありますよ。
／那裡有一間喔！

A：ああ、どこですか？
／啊，在哪裡呢？

B：喫茶店の　前です。
／在咖啡廳前面。

A：ありがとう　ございます。
／謝謝您。

填填看

A：化粧水は　どこに　ありますか。
／化妝水在哪裡？

B：下から　3段目です。
／從下面數第三層。

A：香水は　どこに　ありますか。
／香水在哪裡？

B：一番　下の　段です。
／最下面那一層。

對話練習イ

1 A：あれ、しょう油が ありませんよ。
　　／唉呀！沒有醬油。

　　B：ええと、テーブルの 上に あります。
　　／嗯，在桌上。

　　A：え、テーブルの 上、テーブルの 上、テーブルの 上には ありませんよ。
　　／咦！桌上、桌上、桌上，沒有啊！

　　B：あっ、ごめん、トースターと 電子レンジの間です。
　　／啊！不好意思，在烤麵包機跟微波爐的中間。

　　A：あ、ありました。
　　／啊！找到了！

2 A：あれ、塩が ありませんよ。
　　／唉呀！沒有鹽巴。

　　B：ええと、冷蔵庫の 中に あります。
　　／嗯，在冰箱裡面。

　　A：え、冷蔵庫の 中、冷蔵庫の 中、冷蔵庫の 中には ありませんよ。
　　／咦！冰箱裡面、冰箱裡面、冰箱裡面，沒有啊！

　　B：あっ、ごめん、テーブルの 上です。
　　／啊！不好意思，在桌上。

　　A：あ、ありました。
　　／啊！找到了！

3 A：あれ、ナイフが ありませんよ。
　　／唉呀！沒有刀子。

　　B：ええと、上の 棚に あります。
　　／嗯，上面的架子。

　　A：え、上の 棚、上の 棚、上の 棚には ありませんよ。
　　／咦！上面的架子、上面的架子、上面的架子，沒有啊！

　　B：あっ、ごめん、引き出しの 中です。
　　／啊！不好意思，抽屜裡。

　　A：あ、ありました。
　　／啊！找到了！

Chapter 10

對話練習ア

2 A：東京は どんな ところですか。
　　／東京是什麼樣的地方？

　　B：とても おしゃれな ところです。
　　／是個非常時尚的地方。

　　A：そうですか。静かな ところですか。
　　／這樣啊！是安靜的地方嗎？

　　B：いいえ、あまり 静かでは ありません。にぎやかです。
　　／不，不太安靜，很熱鬧。

3 A：京都は どんな ところですか。
　　／京都是什麼樣的地方？

　　B：とても 優雅な ところです。
　　／是個非常優雅的地方。

　　A：そうですか。にぎやかな ところですか。
　　／這樣啊！是熱鬧的地方嗎？

　　B：いいえ、あまり にぎやかでは ありません。静かです。
　　／不，不太熱鬧，很安靜。

聽力練習

答案：1－イ、2－ウ、3－ア、4－エ

1 三角形の 左に 四角形が あります。
　　／三角形的左邊有四角形。

2 四角形の 右に 円が あります。
　　／四角形的右邊有圓形。

3 円の 前に 三角形が あります。
　　／圓形前面有三角形。

4 三角形の 後ろに 長方形が あります。
　　／三角形的後面有長方形。

對話練習イ

2 A：それは まるいものですか。
　　／那是圓的東西嗎？

　　B：いいえ、まるく ありません。四角いです。
　　／不，不圓。是四角的。

　　A：色は 白いですか。
　　／顏色是白色嗎？

　　B：はい、そうです。それで 手を 洗います。
　　／是的。用那個來洗手。

3 A：それは 短いものですか。
　　／那是短的東西嗎？

　　B：いいえ、短く ありません。四角いです。
　　／不，不短。是四角的。

　　A：色は 黒いですか。
　　／顏色是黑色嗎？

　　B：はい、そうです。それで ドラマを 見ます。
　　／是的。用那個來看連續劇。

4 A：それは 長いものですか。
　　／那是長的東西嗎？

　　B：いいえ、長く ありません。まるいです。
　　／不，不長。是圓的。

A：色は　白いですか。
／顏色是白色嗎？

B：はい、そうです。それで　野球を　します。
／是的。用那個來打棒球。

Chapter 11

對話練習ア

2 A：秋田で、竿燈祭が　あります。いっしょに
　　　行きませんか。
　　　／在秋田縣有竿燈祭，要不要一起去看？

　　B：竿燈祭ですか。いいですね。いつですか。
　　　／竿燈祭啊！真不錯，什麼時候？

　　A：8月3日です。
　　　／8月3日。

　　B：じゃあ、大丈夫です。
　　　／那沒問題。

3 A：札幌で、雪祭りが　あります。いっしょに
　　　行きませんか。
　　　／在札幌有雪祭，要不要一起去看？

　　B：雪祭りですか。いいですね。いつですか。
　　　／雪祭啊！真不錯，什麼時候？

　　A：2月1日です。
　　　／2月1日。

　　B：じゃあ、大丈夫です。
　　　／那沒問題。

4 A：徳島で、阿波踊りが　あります。いっしょに
　　　行きませんか。
　　　／在德島縣有阿波舞，要不要一起去看？

　　B：阿波踊りですか。いいですね。いつですか。
　　　／阿波舞啊！真不錯，什麼時候？

　　A：8月12日です。
　　　／8月12日。

　　B：じゃあ、大丈夫です。
　　　／那沒問題。

5 A：東京で、神田祭が　あります。いっしょに
　　　行きませんか。
　　　／在東京有神田祭，要不要一起去看？

　　B：神田祭ですか。いいですね。いつですか。
　　　／神田祭啊！真不錯，什麼時候？

　　A：5月14日です。
　　　／5月14日。

　　B：じゃあ、大丈夫です。
　　　／那沒問題。

6 A：仙台で、七夕祭りが　あります。いっしょに
　　　行きませんか。
　　　／在仙台有七夕祭，要不要一起去看？

　　B：七夕祭りですか。いいですね。いつですか。
　　　／七夕祭啊！真不錯，什麼時候？

　　A：8月6日です。
　　　／8月6日。

　　B：じゃあ、大丈夫です。
　　　／那沒問題。

7 A：青森で、ねぶた祭が　あります。いっしょに
　　　行きませんか。
　　　／在青森縣有燈籠祭，要不要一起去看？

　　B：ねぶた祭ですか。いいですね。いつですか。
　　　／燈籠祭啊！真不錯，什麼時候？

　　A：8月1日です。
　　　／8月1日。

　　B：じゃあ、大丈夫です。
　　　／那沒問題。

對話練習イ

2 A：いっしょに　テニスを　しに　行きませ
　　　んか。
　　　／要不要一起去打網球？

　　B：ああ、テニスですか、いいですね。
　　　／啊！網球！好啊！

　　A：日曜日は　どうですか。
　　　／星期日如何？

　　B：日曜日ね、オーケー。楽しみに　して　い
　　　ます。
　　　／星期日，OK。真叫人期待。

3 A：いっしょに　映画を　見に　行きませんか。
　　　／要不要一起去看電影？

　　B：ああ、映画ですか、いいですね。
　　　／啊！電影！好啊！

　　A：金曜日の　夜は　どうですか。
　　　／星期五晚上如何？

　　B：金曜日の　夜ね、オーケー。楽しみに　して
　　　います。
　　　／星期五晚上，OK。真叫人期待。

對話練習ウ

B：花子さん、ちょっと、いっしょに　カラオケで
　歌いませんか。
／花子，要不要一起去唱卡拉OK。

A：ああ、すみません、今日は　ちょっと……。
／啊！很抱歉，今天有點不方便……。

B：残業ですか。それとも　買い物ですか。
／要加班？還是去血拼？

A：いいえ、今日は　彼と　ライブを　見に　行きます。
／不是，我今天要和我男朋友去看演唱會。

造句練習

1. いっしょに　食事を　しませんか。
／要不要一起吃個飯？
2. 水泳の　練習ですか。それとも　ピアノの　レッスンですか。
／要練習游泳？還是上鋼琴課？
3. 青森で、ねぶた祭が　あります。
／在青森有燈籠祭。

模擬考題解答

第一章

一、文字、語彙問題
もんだい1
| 1 | 1 | 2 | 3 | 3 | 2 | 4 | 4 |

もんだい2
| 1 | 3 | 2 | 2 |

二、文法問題
もんだい1
| 1 | 1 | 2 | 3 | 3 | 2 | 4 | 3 | 5 | 2 | 6 | 4 |

もんだい2
1 答え：⑤①④③②
　　　　（初めまして、田中美香です。どうぞ　よろしく　お願いします。）
2 答え：⑦②④③⑤①⑥（あなたは　東京大学の　学生ですか。）

第二章

一、文字、語彙問題
もんだい1
| 1 | 2 | 2 | 4 | 3 | 2 | 4 | 1 | 5 | 4 | 6 | 4 |

もんだい2
| 1 | 3 | 2 | 3 |

二、文法問題
もんだい1
| 1 | 1 | 2 | 2 | 3 | 2 | 4 | 4 | 5 | 1 |

もんだい2
1 答え：⑤③④⑥②①（橋本さんの　お住まいは　東京ですか。）
2 答え：⑥⑤①②③④（皆さん　こちらは　台湾の　王さんです。）

第三章

一、文字、語彙問題
もんだい1
| 1 | 2 | 2 | 2 | 3 | 4 | 4 | 3 | 5 | 3 | 6 | 1 |

もんだい2
| 1 | 3 | 2 | 3 |

二、文法問題
もんだい1
| 1 | 2 | 2 | 3 | 3 | 4 | 4 | 4 | 5 | 4 | 6 | 4 |

もんだい2
1 答え：③②④⑥⑤①（それは　田中さんの　ラジオです。）
2 答え：⑤③②①⑦⑥④（この　部屋は　花子の　ですか。）

第四章

一、文字、語彙問題
もんだい1

1	1	2	3	3	2	4	1

もんだい2

1	3	2	4	3	3

二、文法問題
もんだい1

1	2	2	4	3	2	4	3	5	2

もんだい2
1 答え：③⑤①⑥②④（お父さんは　おいくつですか。）
2 答え：⑤⑥④③①②⑦（ＡＢＣは　カメラの　会社ですか。）

第五章

一、文字、語彙問題
もんだい1

1	3	2	1	3	3	4	3	5	4	6	3

もんだい2

1	2	2	3

二、文法問題
もんだい1

1	4	2	2	3	1	4	3	5	3	6	2

もんだい2
1 答え：②⑥①④⑦③⑤（これは　どこの　カメラですか。）
2 答え：⑦⑥②①③⑤④（雑誌は　3冊で　1,500円です。）

第六章

一、文字、語彙問題
もんだい1

1	3	2	2	3	1	4	3	5	3

もんだい2

1	1	2	4

二、文法問題
もんだい1

1	1	2	3	3	4	4	2	5	1	6	3

もんだい2
1 答え：⑤⑥③①②④⑦（会社は　9時から　5時までです。）
2 答え：⑤④①②⑥③（今朝は　6時ごろに　起きました。）

第七章

一、文字、語彙問題
もんだい1
1 2　2 1　3 2　4 1　5 3　6 3
もんだい2
1 2
もんだい3
1 4

二、文法問題
もんだい1
1 2　2 1　3 4　4 3　5 1　6 3　7 1
もんだい2
1 3
答え：では、にちようび　の　ごご　は　どう　ですか。
1 1
答え：わたしたちは　えき　から　いえ　まで　あるきます。

第八章

一、文字、語彙問題
もんだい1
1 2　2 2　3 4　4 4　5 2　6 4　7 3　8 1　9 2　10 2
もんだい2
1 3
もんだい3
1 2　1 2　1 4

二、文法問題
もんだい1
1 4　2 4　3 2　4 2　5 2　6 2
もんだい2
1 4
答え：山田さんは　今度の　なつやすみ　に　何　を　しますか。
2 3
答え：きのう　ちかく　の　レストラン　で　ごはん　を　たべました。

第九章

一、文字、語彙問題
もんだい1
1 4　2 3　3 4　4 4　5 1　6 3　7 3
もんだい2
1 2　2 4

二、文法問題
もんだい1
1 4　2 2　3 4　4 4　5 3　6 2
もんだい2

| 1 | 3

答え：中山先生　は　どちら　に　います　か。
| 2 | 1

答え：ひるは　いません　が、よる　は　います。

第十章

一、文字、語彙問題
もんだい1
| 1 | 2　| 2 | 4　| 3 | 4　| 4 | 3　| 5 | 1　| 6 | 4

もんだい2
| 1 | 4　| 2 | 1

二、文法問題
もんだい1
| 1 | 3　| 2 | 2　| 3 | 3　| 4 | 3　| 5 | 1　| 6 | 4　| 7 | 1

もんだい2
| 1 | 4

答え：ここ　に　名前　を　えんぴつ　で　かきます。
| 2 | 2

答え：きの　うえ　に　ちいさい　とり　が　いますよ。

第十一章

一、文字、語彙問題
もんだい1
| 1 | 2　| 2 | 3　| 3 | 3　| 4 | 2　| 5 | 4　| 6 | 1

もんだい2
| 1 | 1　| 2 | 3

二、文法問題
もんだい1
| 1 | 1　| 2 | 4　| 3 | 1　| 4 | 4　| 5 | 3　| 6 | 4

もんだい2
| 1 | 2

答え：かのじょと　いっしょ　に　えいがを　みに　いきます。
| 2 | 3

答え：あした　パーティーが　ありますよ。石田さん　も　行きません　か。

日檢讀本 01

絕對合格 日檢 N5 讀本 上

單字、文法、聽力、閱讀 一本就過！

發 行 人……林德勝

著　　者……吉松由美、田中陽子、西村惠子、大山和佳子　合著
主　　編……吳冠儀
美術設計……吳欣樺

出版發行……山田社文化事業有限公司
　　　　　　106台北市大安區安和路一段112巷17號7樓
　　　　　　Tel：02-2755-7622
　　　　　　Fax：02-2700-1887

郵政劃撥……19867160 號　大原文化事業有限公司

網路購書……日語英語學習網 http://www.daybooks.com.tw

經 銷 商……聯合發行股份有限公司
　　　　　　新北市新店區寶橋路235巷6弄6號2樓
　　　　　　Tel：02-2917-8022
　　　　　　Fax：02-2915-6275

印　　刷……上鎰數位科技印刷有限公司

法律顧問……林長振法律事務所　林長振律師

定　　價……新臺幣299元
出 版 年……2013年10月 初版